PAUL CLAUDEL
五大颂歌

〔法〕克洛岱尔　　　　　　　　著
余中先　　　　　　　　译

人民文学出版社

图书在版编目(CIP)数据

五大颂歌/(法)克洛岱尔著;余中先译.
—北京:人民文学出版社,2019(2025.1重印)
(巴别塔诗典)
ISBN 978-7-02-015339-8

Ⅰ.①五… Ⅱ.①克…②余… Ⅲ.①诗集-法国-现代 Ⅳ.①I565.25

中国版本图书馆 CIP 数据核字(2019)第 111658 号

责任编辑　卜艳冰　何炜宏
装帧设计　高静芳

出版发行　人民文学出版社
社　　址　北京市朝内大街 166 号
邮　　编　100705

印　　刷　凸版艺彩(东莞)印刷有限公司
经　　销　全国新华书店等

字　　数　75 千字
开　　本　889 毫米×1194 毫米　1/32
印　　张　8.25
插　　页　5
版　　次　2019 年 10 月北京第 1 版
印　　次　2025 年 1 月第 2 次印刷

书　　号　978-7-02-015339-8
定　　价　69.00 元

如有印装质量问题,请与本社图书销售中心调换。电话:010-65233595

目录

序言　让·格罗斯让　_1

五大颂歌　_1
　　缪斯　_3
　　精神与水　_30
　　尊主颂　_58
　　美惠缪斯女神　_89
　　封闭的屋子　_115

向新世纪致敬的圣歌　_147

三声部康塔塔　_167

序　言[1]

让·格罗斯让

　　当我们走向某一部杰作时，我们经常是被那些受其启迪的更新近的作品引导过去的。而那些作品则往往对我们稍稍遮掩了其最初来源的独一无二的根。打开了我们这个二十世纪之门的克洛岱尔的《五大颂歌》却始终停留在没有后继者的状态，不太为众人所知，但，即便对很久前曾接触过它的人来说，它依然还是崭新的。而那些说不定会让我们茫然不知所措的当代诗人的大胆举措，则往往表现在了其他方向上。

　　克洛岱尔和兰波是仅有不多的几个把东方的法语拿来作为其艺术的原始材料的诗人（而这一点也正是这两位天才诗人之间真正的连接纽带），先前并没有进入文学范畴的这一语言，现在却将其精华放到了一种密集而又激烈的话语之中。这一精华，作为兰波的《地狱一季》之散文的支撑基础，又在他写自埃塞俄比亚的信件中体现出其赤裸裸的存在，而如今，它在

---

[1] 这是让·格罗斯让（Jean Grosjean）为 Poésie/Gallimard 版的 *Cinq grandes Odes*（1966）一书而写的序言。

克洛岱尔的剧本《金头》中表现出了它所有的对话之美（此外，应该说，那常常还是聩聋者的对话），还在《认识东方》中显示出，它在所有的法语模式中，是最有资格来面对描绘的。然而，没有任何什么曾预先就倾向于让它胜任颂歌体裁，兴许正是在这一点上，克洛岱尔的诗歌艺术证明了它具有更多的气息和掌控。无疑也正是这一点，赋予了这五篇诗文以它们特有的音乐性，它们独一无二的共鸣谐振，并帮助它们达到了写作高峰上那样一种生动鲜活的言语。在这里，克洛岱尔能够仔细凝望众缪斯女神的浮雕，或者观赏中国大地的景色，扫描山水地理，人心百态，破解神话，糅杂进历史或他自己的生活，投身于令人心旷神怡的美景欣赏或不顾情面的嬉笑怒骂，反思他的艺术或他的救赎，威风凛凛地拥抱一切，或者任凭自己被冲突所撕裂，总之，将没有任何什么能论证他何以会写出这样的歌来，这是一种更具有征服能力的歌，远比我们设想的现有诗歌能够征服的生命与事物要多得多。

克洛岱尔太是个诗人了，不会把言语（langage）缩减为对事情或概念的叙述，他也太不耐心了，不会用含糊的借口把我们带向暗地里的狂喜，但是，他也太过谨慎了，不会把写作推向凭空而生的想象力、纯粹的音乐或造型艺术的经验的极限。他拥有的那些美德都是互相矛盾的，而他的艺术则是这些矛盾的综合，人们很少有机会再次遇见它们。这一综合性在他的颂歌写作中兴许达到了最高的顶峰。这些颂歌很少服从于一种外部的秩序，作者不得不在它们之前写上一段所谓的梗概，以期能引导一下读者的阅读，但是它们在其自身运动的内部得到了完美的编排。人们阅读时会在其中失去落脚点，人们会感觉自己被带入了一种结构紧密的谐调中。而每一次重新阅读都会帮助我们，在精神与灵魂的暴烈力量之下，通过行进节奏的变化，透过五花八门的隐喻，更好地发现一种对生命的深刻通晓。人们越是明白这一行为方式的结构，就越会喜爱这一毫无秩序的极端自由，某一种史无前例的巨大呐喊。

这一奇迹，人们等待了那么长久，以至于它变得颇有些不太现实了。雨果当年曾经幻想过类似的掌控，一股行进中的气息，一种来自神启的嗓音，召唤着深渊与天际，笑声、恐惧与恩宠于一体，矫饰与神圣，明目张胆的想法与隐秘晦涩的道路。他揉塑了我们的文学语言，其中包括已经死去的漂亮的诗歌语言。但是克洛岱尔从根底上重新出发，他把玩的与其说是一种写作，还不如说是某一种话语（parole）形式。正是由此，从他的笔底生出了那种严肃的闹剧，那种谈不上有什么精湛技艺含量的激情，那种根植于甘美温柔的粗犷，那种寄寓于易燃易爆性中的远见卓识。当然，克洛岱尔利用了我们的文化，甚至还有其他的文化，却并没有从他所选择的这一话语的灵魂中脱身出来。这里涉及的并不是一种辩证的综合，而是一种本质上的态度。比如说，他笔下的意象并没有如同人们长期来习惯做的那样，经过刻意的美化，也没有如同当今时尚的做法那样，得到精心的雕琢；它们既不是魅力无比的，也不是幻觉满满的；它们只不过是一个乡土之人投射在一个有广阔缓坡的家乡之地的简单一瞥。（相反，人们很容易想到，圣琼·佩斯投射在大地上的，则是一个航海者的目光。）它们甚至可以假设在眼睛中透着一种返祖景象的光。它们的任务既不是取悦人，也不是震撼人；它们并不停步，也不拖拉；它们照亮着世界，给世界带来空气，为看到了它们的那些人画出坐标。

自龙沙以来，人们一直幻想能有品达式的颂歌，而布瓦洛则寄希望于它们能像一座高峰那样呈现杂乱无序的美。实际上，人们似乎很少能有办法做到这一点，我们甚至都还不如英国人和德国人，而我们的浪漫主义，在这方面，也最终归于失败。这是因为，我们并不曾去召唤内陆之地。在此意义上,《五大颂歌》几乎就是一种渎圣。至少,它很有可能成为对我们文学宝藏的一种无可救药的挥霍浪费,就像派一个卫队去滑铁卢①。幸运的是,它们总算是一次成功,但是,从此以后,就没有任何人去冒这个险,甚至连克洛岱尔都没有。

是的,我们承认,这一惊喜是一种实现,一种终结。抒情的诗歌被毁了,稍稍有些滑稽,如同有一件工具在这些自由韵文诗(verset)的边上被粉碎。而这些自由体诗行本身,确实是没有护照的,对它们的成功很感惊讶。它们可有集子《树》中那些戏剧②的诗行作为其父辈吗?对此我们实在不太确信。人们看得很清楚,它们有亲属关系,但是,戏剧毕竟是另一个世界。克洛岱尔在整整八年期间打响了这一颂歌的战役。此后,他将又返回到作为咒语的韵脚中来,或者回到戏剧的对话中来,同样,也回到古代传统的短诗行中来。这里头有一种并不重复的诗意,他的每一

---

① 据说,拿破仑为推卸自己对滑铁卢战役失败的责任,曾这样说过:"如果我在左翼的公路干线上放一个营的卫队,也许我能重新聚拢溃散的骑兵……""派一个卫队去滑铁卢"在这里喻指"无用的假设"。
② 《树》这部戏剧集收入了克洛岱尔最早创作的五部戏剧作品,1901年由法兰西水星出版社出版。这五部戏剧分别是《金头》(第二稿)、《城市》(第二稿)、《年轻姑娘维奥莱娜》(第二稿)、《第七日休息》和《交换》。

个成功都是一劳永逸地获得的。这里头有一种神秘的根底,而某几本小书则一劳永逸地打开了其中的一道门。

《五大颂歌》分五次敲响了它们自己的门,那是五种各自不同的敲击。从最初的那些词语起,它们就已经赢了(九位缪斯女神,忒耳西科瑞位居正中!①)。对希腊的那些古老情节寓意,人们是一点儿都也辨认不出来了;它们突然一下子就成为我们的了,活生生的,显而易见,通彻通透,甚至还直截了当,尽管范围广,幅度大,却仍有些令人猝不及防。我们的作者所畏惧的或者所一味模仿的漫长的拉丁阶段,现在终于被重新发现了,但这一次,它当真是法语的,而且是通过种种出人意料的方法实现的。社会学家们还没有研究过这一言语所建议的解决办法,很少有诗人在自己的文本中行使一种更彻底、更神权至上的权威:它没有上诉,也没有纲领。最精细的专制暴政在它那既十分自信、又任意随性、总而言之是永远都无法预料的运动中,带走了音节和符号。这是一种冒险的独裁。但同时,种种词语,种种图像,种种

---

① 这是《五大颂歌》第一首《缪斯》中的第一句诗。而忒耳西科瑞则是缪斯女神之一,见后文诗歌中的注解。

音响，种种形象，种种概念，以及当地其他一些头面人物，都依据各自的才华，作为古老的终身不得罢免的强者，分别得到了尊重。更有甚之，他们似乎还得到了修复，他们重又找到了他们的心灵与权利，而别的人，尽管心中带着善意，对此则是不甚了了的。每个自由体诗行都有着它那完整的、非同寻常的自治；它们之间没有任何的相似之处：

> 深渊，被崇高的目光
> 遗忘，大胆地经由一点到另一点。①

若是说它们彼此间根本就不押韵，那就等于什么话都没说，它们每一行都有自己的生命，独特的，唯一的，无法对比的，绝对的。其长度十分不同（从一个只有两个字母的音节，到长达六行的一句话不等），有的紧密集中在自身之上：

> 影子与形象随着旋风腾起在你激越的脚步底下

另一些则悬置在某种空无之上：

---

① 这里和以下引用的几行诗都摘自克洛岱尔《五大颂歌》的第一首《缪斯》。

_8

  因为，通过满世界普照的月光

有一些静静地坐在一条土路的旁边：

  根本，密集

另一些则躺在某种形式的世界末日上：

  直到淮阿喀亚人长长的航船把你带回，累垮在深深的睡眠中！

有一些建筑在正中央的断层上：

  打开自身，通道

也有一些则隐藏在一阵喃喃细语中：

  （而我确实感觉到她的手在我的手上。）

有的在肯定：

万物都想说的话

有的在施加压力:

够久了,等得够久了!把我带走吧!我们在这里做什么?

对每一个诗行似乎都应该有一个定义。

每一首颂歌都由同样毫无规则的苛刻来操纵。它们似乎并不怎么关心它们构建起来的建筑,但是它们的主人在凭依着种种不同的心绪脾性构筑文本时花费了多大的劲头啊!奢华的第一首颂歌,当人们以为它要结束时,它却重又继续了下去,它所作出的,是何等突然的出发啊,它所发出的,是何等不同的光芒啊!这一心灵,展现在它的能力中,它的文化中,它千百年的历史中的心灵,将只能用来作为在一种危机中的激情凝缩。一阵海底涌浪的升腾,一时间里让深深的海底变得赤裸裸。人们是不怎么会猜想这一点的,尤其是因为,所有重大的疯狂似乎都枯竭了,眼下,短短的一瞬间远比持续的时间要更为永生不朽(一个作为一个问题的回答)。

《精神与水》从更高更远处重新探讨了中心危机，带着一股更为广阔的气息，相应于一个更为辽阔的国度：**诗人是在北京梦想着他的大海**。（法语文学在中国完成：克洛岱尔、谢阁兰、圣琼·佩斯、马尔罗……）我们的往昔，既不是简单的大自然，也不是脆弱的异国情调，为我们提供了这一具有日常持续性的背景，在其中，人处在相当的迷惘中，听到了他自己的心声：

我竖起耳朵：只有这树木还在颤动。[1]

在《尊主颂》中，诗人追溯了一次早先的危机：早先的邂逅（与信仰的邂逅）赋予了另一种邂逅（与激情的邂逅）以它的维度。正是伴随着一首解脱之歌，时而柔美时而苦涩，诗人轮番地逆流追溯与顺流漂下生命的流程，一直来到未来的大门；因为，一切都要比偶像与虚无更有价值（**我苟活在您可恶的夜里**[2]）。

第四首颂歌重新质疑了一切。我们处在了峰巅

---

[1] 这句诗摘自颂歌之二《精神与水》。
[2] 这句诗摘自颂歌之三《尊主颂》。

上。这一新的危机始终还是同一个，但是，各种不同的二重性构成了正反唱段之间一种精彩的对话。与其说是戏剧的角斗，还不如说是一种更紧凑、更秘密，同时也更杂乱的决斗，因为斗士们在搏斗过程中改变了面貌。为了让读者对此能有一个大致的概念，我们在此仅仅列举互相交织在一起的众多线索中的一条：缪斯神作为言语的锤炼者来到——诗人向她祈求史诗的灵感——但她却只是抒情——疑心重重的诗人于是要成为说教者——她却强调了哀歌——诗人抱怨创作中的种种苦恼——缪斯承认她就是"美惠"，并建议提供一种神秘的经验——诗人则从对面的门里退下。

在《封闭的屋子》中，诗人筑垒固守，而且这一次是被身为美德之化身的爽直的缪斯女神牢牢地看守着，但克洛岱尔解释说，他并没有什么要向我们汇报的，尽管他应该给予一切，解释一切。随着他越来越多地意识到他自身的强度，人们几乎会说，这一强度也在渐渐地消退。到最后，剩下的就只有死人的怨诉了。这一类型的强力喘息总是不会缺乏悲怆性。这些曾放射出灿烂光芒的分散力量，从此就将在无人旁听的密室中对质。让我们摘录一段：*而诗人回答说：我不是一个诗人。还有，什么才是诗人：一个没有脸容*

的人，一种没有任何声音的话语，一个播种孤独的人（凡是听到我话语的人，都将忧心忡忡、心事重重地回家）①。

我们始终远离着这一曾让克洛岱尔那么替玛拉美揪心的伊齐杜尔的灾难②，也远离着兰波在《地狱一季》中所做的那种对失败的总结，远离着他们那在上一世纪受到如此高评价、今天又如此容易地被出口到了种种所谓文化领域中的"科学"方法。克洛岱尔比我们更为现代，种种转瞬即逝的迷恋倾倒对他都不曾有什么束缚。他来自于一个真正的外省。他生活在一种真正的外国文明之中。他频繁地接触莎士比亚、维吉尔、埃斯库罗斯和《圣经》。他就这样扎根在了最广阔最遥远的传统之中，那是那样一种以人为本的文明传统，对于他们，一个个具体人的问题才是最根本的问题，对于他们，言语作为人们之间的约定习俗，就其复杂性而言，要比任何其他的学科都更强有力。在此，我们补充一种看

---

① 这几句诗摘自颂歌之五《封闭的屋子》。
② 玛拉美曾写过一篇作品，题为《伊齐杜尔，或爱尔博农的疯狂》（1869）。后来，克洛岱尔写了一篇题为《伊齐杜尔的灾难》的作品，1926年由《新法兰西杂志》刊出。在此文中，作者克洛岱尔探讨了"诗歌到底要表达什么"这个曾让玛拉美大伤脑筋的问题。玛拉美笔下主人公伊齐杜尔（Igitur）这一名字本来是个拉丁语词，意思为"因此"。

法，恐怕是不无裨益的。在很多人看来，克洛岱尔的出现似乎受到了外国的和古代的太多影响。然而，说实在的，在向着他敞开的那么多条道路中，他选择了一种经典的法兰西道路：让一切从属于一个危机——发生在某些活人中间的极端危机——的简短阶段。

在《五大颂歌》带来的最后一卷诗歌浪潮的三年之后，又有了克洛岱尔的《三声部康塔塔》，作为一种仿希腊悲剧合唱曲的最后一个唱段。灵感通过一种惊人的迂回方法走向了缓和。歇息并不是简单地随斗争之后而来，而是斗争本身更多地被搬移到了他处。我们在他笔下看到的不是敌手之间的对抗，而是差异之间的相遇。

《三声部康塔塔》的言语本身是新的，而且几乎是早先那位克洛岱尔的反面。它已不再是举托起颂歌、戏剧甚至还有散文的那种强劲的呼吸，而是一种轻盈的摇动，一种几乎肉欲上的搏动，带着那些切分音，那些三连音，那些延音。直到那时为止还一直受到轻视的押韵，如今则胜利地返回了，而且，那兴许还是它从来没有在我们的法兰西诗韵中见识过的一种胜利。不再是一种回声，而是一种强迫症一般的执念。同样的音一旦启动之后，甚至会反复出现十次，还包含有一个前头的尚未来得及陨灭的韵脚。我们还不能忘记，这里有三个声部，三种嗓音，乐句的每个片断都由一种不同的音质来念诵。这已经不是几个不同声部之间的招呼或者对话，而是它们构成的大合唱。

这一进行曲，时而中止，时而又重新发动，还不时地突然爆发，成为独唱，成为这种或那种不耐烦的、忧伤的或者十分饱满的赞歌。三个歌唱中的女人并不是几幅冷冰冰的寓意画。这里头至少有两个女人，我们可以为之命名，如果说她们是从《五大颂歌》那里返回来，带着那样一种超脱了时间性的高度，在诗人不在场时彼此相遇，那也只可能是一个插曲故事（剩下的也就只是这一位诗人了，无论如何，他比她们要更清楚她们嗓音的声部）。她们每一个都要面对始终折磨着她们内心的某种形式的分离，罗讷河女子等着她的未婚夫，波兰女子正在流亡中，远离着她的丈夫，而埃及女子则已是个死了丈夫的寡妇。那是六月夏至时节的短夜，**暮春和初夏之间的这一时分**①。

---

① 这句诗摘自《三声部康塔塔》。

这一康塔塔没有什么更多的前任，只有《五大颂歌》，同时，它似乎也没有什么后继者，而要更好地定位它，就必须把它跟克洛岱尔给任何的中心危机所建议的三种其他结局作一下比较：《正午的分界》的第三幕（一种崇高的撕裂）①，第五首颂歌（一种严肃的解决），以及《缎子鞋》的第四幕（一种巨大的解放式的欢笑）②。第一种结局是悲剧性的，它为克洛岱尔先前的所有戏剧戴上了桂冠，第二种则在其严肃性中承诺了未来的礼拜式的铺展，而最后一种，则将闪

---

① 《正午的分界》是克洛岱尔创作的一出戏剧（1905年第一稿，1948年演出稿），其情节演绎了三男一女四个欧洲人在当时中国的感情生活。男主人公梅萨爱上了有夫之妇漪瑟，两人默认让漪瑟的丈夫去从事有生命危险的冒险买卖。在中国义民的一次暴动中（即该剧第三幕的背景），梅萨与漪瑟等西洋侨民被围在房屋中，命在旦夕。面对死亡，两个情人才认识到自身的罪孽，在明澈的月光下，梅萨与漪瑟归入天主的怀抱。诚如克洛岱尔所言，剧的主题"是罪孽。见善而行恶，世上再无比这更大的不幸了"。该剧具有自传的性质，可以说是克洛岱尔对自己与波兰女子萝萨丽·维齐夫人那段长达四年（从1900年到1904年）的非法恋情的精神总结。剧的诗艺力量在于真实地吟唱了主人公在世俗的爱和对天主的爱之间犹豫不决的痛苦内心。
② 《缎子鞋》（1923年第一稿，1943年演出稿）是克洛岱尔最长也是最著名的剧本。它以全世界为舞台，呈现了16世纪末17世纪初以西班牙为中心的殖民帝国的巨幅画卷。剧的中心线索是西班牙重臣堂·罗得里格与贵妇堂娜·普萝艾丝的爱情悲剧：普萝艾丝与罗得里格邂逅相识，一往情深。一开始，她不顾丈夫的禁令，与情人约会，但两人始终无法见面。后来，在天主的启示下，她悟出灵与肉之理，毅然赴非洲要塞，履行天主教国家给她的使命。两人天各一方，但心心相印。几十年后（即剧的第四幕），历尽磨难的罗得里格已失宠于朝廷，他又老又残，被卖作奴隶。

闪发亮地凝聚为诗人独特的喜剧性结晶。而这里的康塔塔，恰恰属于第三种结局，它一下子就达到了一种如此具有气流平衡上的完美，作者将根本就不用再作修改。

五大颂歌*

---

* 这里翻译的克洛岱尔的诗歌作品都选自于他的《诗歌集》(*OEuvre poétique*)伽利玛出版社"七星丛书"1967年版。

颂歌一

缪　斯 *①

九位缪斯女神，忒耳西科瑞②位居正中！

我认出了你，迈那得斯③！我认出了你，西彼拉④！在你的手上，甚或在你的胸乳，我从不等待酒杯

痉挛地在你的指甲中，库麦斯⑤女郎就在金色叶

---

* 《缪斯》最早刊于西方社，1905年。同年又发表于《诗歌与散文》6—8月号。

① "见在奥斯提亚之路上所发现的石棺"。——卢浮宫。（作者原注）
诗人克洛岱尔这篇诗作有浅浮雕"九大缪斯"作为描写原型。这部古代雕塑作品收藏在巴黎的卢浮宫。奥斯提亚是古罗马时代的港口城市。

② 忒耳西科瑞（Terpsichore），缪斯女神之一，司合唱与舞蹈，七弦琴与常青藤为其象征物。

③ 迈那得斯（Ménades），希腊神话中酒神狄奥尼索斯的女祭司，即罗马神话中的巴克坎忒斯（Bacchantes）。她们不穿衣服，或说只披兽皮，长发披散，手执鲜花或花束，或说手执火炬，参加酒神节狂欢，狂歌乱舞。

④ 西彼拉（Sibylle）是希腊神话中的一个女预言家。一说她们一共有十二位，而并非只是一个人。

⑤ 库麦斯（Cumes）据说是那不勒斯附近一地，有说，女预言家西彼拉当中的一位就是那里的人。奥维德《变形记》中，阿波罗曾被她的魅力诱惑，答应实现她提出的愿望以换取她的爱。

子的旋涡中!

　　但是,这满是孔眼的粗笛,在你的指头下清楚地表明

　　你不再需要加入这将你充实的气息,

　　这刚刚让你站立起来的气息,哦,处女!

　　没有丝毫的扭曲:脖子上无处能扰乱

　　你衣裙美丽的皱褶,直到它底下不让人看到的双脚!

　　但是我知道,这转向了侧面的脑袋,这迷醉而又封闭的面容,还有这正在倾听的脸,想说的是什么,满脸闪现的是管弦乐的狂喜!

　　唯一一条胳膊是你所不能够承载之物!它高扬,它抽搐,

　　充满了愤怒,迫不及待地打出最初的节拍!

　　秘密的元音!新生话语的活力!整个的精神辅配以音调!

　　忒耳西科瑞,舞蹈的觅得者!没有了舞蹈,合唱又将在何方?除了你,又有谁能俘获

　　相处一起的野蛮的八姐妹,为收获如泉奔涌的颂歌,创造出纠结成一团的形象?

　　在那里,假如一开始,你就矗立在它精神的中央,你这颤抖不已的处女,

你不丢失它那粗野而又卑下的理由,扇动你愤怒的翅膀,在咔咔作响的火之盐中燃烧一切,

那些贞洁的姐妹就将答应进来吗?

九位缪斯!对我而言,无一多余!

我在这大理石上看到整个的九日经①。在你右侧,波林尼亚②!就在你肘撑的祭坛的左边③!

同样高大的处女们,一长列言辞雄辩的姐妹④

我愿说出我看到她们在哪一步上停下来,又如何一个接一个地串成花环

并非由此地每只手

都将从伸过来的手指头上采撷。

首先,我认出了你,塔利亚⑤!

在同一侧,我认出了克利俄⑥,我认出了摩涅莫绪

---

① "九日经"的法语为"neuvaine"。
② 波林尼亚(Polymnie),九大缪斯女神之一,司颂歌、几何学与修辞学。
③ 在卢浮宫的这组雕塑中,波林尼亚被表现为胳膊肘撑在祭坛上。
④ 从雕塑的左侧数起,顺序应为克利俄、塔利亚、埃拉托(而实际上克洛岱尔说到的是摩涅莫绪涅,她本身不是缪斯神,而是缪斯之母,同时,克洛岱尔把卡利俄佩剔除掉了)、欧忒耳珀(在克洛岱尔的笔下,她成了忒耳西科瑞)、波林尼亚、卡利俄佩、忒耳西科瑞、乌拉尼亚和墨尔波墨涅。
⑤ 塔利亚(Thalie),九大缪斯女神之一,司喜剧与牧歌。
⑥ 克利俄(Clio),九大缪斯女神之一,司历史。

涅①，我认出了你，塔利亚！

我认出了你，哦，九位室女的完整组合！

词句母亲！话语的深奥机体，活着的女人们的导线！

创造性的显现！如若你们不是九个，那就没有什么还会诞生！

如此，突然，当新诗人饱含着清晰可闻的爆炸，

由脐心维系在基础震荡中的整个生命的黑色喧哗

打开自身，通道

炸毁了屏障，他自身的气息

强制住锋利的钳口，

蠢蠢欲动的九进制一声叫喊！

现在他已不再能闭嘴！疑问出自他自身，如同把麻纤维布

给予打短工的女人，他把它永远地送给了

永不平息的厄科女神②那博学的歌队！

她们所有人从不一起入睡！在高大的波林尼亚挺身起立之前，

---

① 摩涅莫绪涅（Mnémosyne），希腊神话中的记忆女神被认为是缪斯女神们的母亲。
② 厄科女神（Echo），希腊神话中的回声女神。

或者，是乌拉尼亚①用双手张开圆规，与维纳斯一般，

教课时，为她拉弓搭箭，那爱神；

或是笑吟吟的塔利亚，用大脚趾头，轻柔地标志出节拍；或在寂静的寂静中

摩涅莫绪涅发出叹息。

长女，不说话的那一个！长女，有着同样的年纪！从来不说话的摩涅莫绪涅！

她倾听，她揣摩。

她感受（身为精神的内在意义），

纯真，简单，不可侵犯！她回忆。

她是精神的重量。她是由一个很美的数字所表达的关系。她以一种不可言喻的方式，被放

在生命体的自身脉搏上。

她是内在的时辰；喷涌的珍宝，蓄积的源泉；

连接着话语所表达的时间与绝对的非时间。

她将不说话；她关注于一言不发。她重合。

她拥有，她回忆，而她的所有姐妹都注意着她眼

---

① 乌拉尼亚（Uranie），九大缪斯女神之一，司天文学与占星学，其象征物为天球仪与圆规。

皮的眨动。

　　给你了，摩涅莫绪涅，这些最初的诗句，还有颂歌的突然爆燃！

　　由此，骤然，深夜时分我的诗四处击打，如同三叉戟的雷电之光！

　　而无人能预见它将在哪里突然让太阳冒烟，

　　橡木，或舰船之桅，或卑贱的烟囱，熔化了瓦罐如同一颗星星！

　　哦我那不耐烦的灵魂！我们将不会设立任何工地！我们将不推进，我们将不滚动三层桨战船

　　直到水平方向的一行行诗的一个巨大的地中海，

　　缀满了岛屿，利于商贩行走，四周围绕有所有民族的一个个港口！

　　我们有一桩事务要商议，它远比

　　你的回归要更勤奋，耐心的尤利西斯①！

　　整条迷失的路！被火热的神明不停歇地追踪和援助

　　在轨迹上，而你却根本看不到他们的踪影，除了偶尔

---

① 尤利西斯又名奥德修斯，为荷马史诗《奥德赛》中的主人公。

夜里，一道金光落在船帆上，而在清晨的辉煌中，有一刻，

一张蓝眼睛的神采奕奕的脸，一个戴了香芹之冠的脑袋，

直到那一天你只剩下独自一人！

母与子承受了何等的斗争，在那边的依塔刻①，

而此时你正缝补你的衣衫，而此时你正质问鬼魂，

直到淮阿喀亚人②长长的航船把你带回，累垮在深深的睡眠中！

而你也一样，尽管苦涩，

我最终也得丢弃你诗歌的边缘，哦埃涅阿斯③，在两大世界之间，是他那大祭司的水域！

在一个又一个世纪的中央，有过何等的宁静，而回头看，祖国和狄多④在出奇地燃烧！

---

① 依塔刻是地中海上的一个海岛，奥德修斯的家乡。母与子当指奥德修斯的妻子珀涅罗珀与儿子忒勒玛科斯，他们在等待奥德修斯的回归时，经历了很多磨难。
② 淮阿喀亚人，希腊神话中的一个民族，善航海。奥德修斯就是乘坐淮阿喀亚人的船最终回到自己的家乡依塔刻岛的。
③ 埃涅阿斯（Enée），希腊神话中的特洛伊英雄，罗马诗人维吉尔后来以他的故事为基础，写出史诗《埃涅阿斯纪》。
④ 狄多（Didon），希腊神话中的迦太基女王，曾与埃涅阿斯相爱很长时间，当众神命令埃涅阿斯离开她而返回故乡时，她因极度失望而自杀。

你屈服于分叉的手！你倒下，帕里努鲁斯①，而你的手不再掌得住船舵。

一开始人们只看到它们②的无限之镜，但突然，在巨大航迹的蔓延下，

它们活跃起来，而整个世界在神奇的布面上画成。

因为，通过满世界普照的月光

台伯河③听到舟船满载着罗马的财富而来

而现在，离开了汪洋大海的层面，

哦佛罗伦萨诗人④！我们将绝不追随你，一步接一步，在对你的跟踪中，

下降，上升一直到苍穹，下降一直到地狱，

就像那一位确信一只脚踩在逻辑的地面上，另一只脚则迈开了坚实的一大步。

就如同秋天里当人们行走在一摊小鸟之洼中，

影子与形象随着旋风腾起在你激越的脚步底下！

根本就没有这一切！要走的任何道路都让我们厌烦！要攀爬的任何梯子也一样！

---

① 帕里努鲁斯（Palinure），神话史诗《埃涅阿斯纪》中的人物，是埃涅阿斯船队中的主要舵手，因疲惫入睡，丢开舵把而落海而死。
② "它们"当指海水。
③ 台伯河在意大利，流经罗马，流入地中海的第勒尼安海。
④ 这里影射的诗人是但丁，尤其是他的诗篇《神曲》。

哦我的灵魂！诗歌根本不是由我像钉钉子一般钉下的这些字母构成，而是由留在纸上的空白①。

哦我的灵魂！不应该商议任何计划！哦我野蛮的灵魂！我们得保持自由，随时准备好，

就如好一大群脆弱的燕子飞起，当秋天的无声召唤在空中震响！

哦我不耐烦的灵魂，恰如无技无艺的老鹰！我们该怎么做才能调整乌有的诗行？恰似那甚至都不会筑巢的老鹰？

愿我的诗行不带丝毫的奴性！而是像飞扑向一条大鱼的海鹰，

而人们见不到别的，只看到一阵光彩夺目的翅膀旋动，浪沫飞溅！

但你们将不会丢弃我，哦有节制的缪斯女神。

而你，她们中的供应者，不知疲倦的克利俄！

你，你并不留在住宅中！而是像猎人那样在蓝色的苜蓿地里

---

① "空白"是诗人克洛岱尔诗学中最重要的形象之一。他晚年时在《即兴回忆录》中提到，诗歌的目的是潜入到"被定义之词的深层，去发现取之不竭之意"。对克洛岱尔来说，字母是"被定义之词"，而留在纸上的空白则是"取之不竭之意"。

在草料中追踪他的猎狗却不得而见,就这样,一阵微微的颤栗在世界之草中

用始终有备无患的眼睛指明你所着手的侦查;

哦灌木的脱粒机,人们把你表现为一只手紧握着棍子!

而另一只手拿着面具,就像是在研究一头怪异的畜生,时刻准备从中汲取不可遏制的笑声,

那巨大的面具,活生生的嘴脸,怪诞而又可怕的遗物[①]!

现在,你把它撕下,现在,你抓住重大的喜剧秘密,适配的圈套,蜕变的模式!

但是克利俄,铁笔捏在三根手指头之间,等待,守在闪闪放光的基座的角落,

克利俄,灵魂的书记官,就像那个手握账本的人。

人们说这个牧羊人就是最早的画家

他,在岩壁上观察到他那公羊的影子,

用火中取出的焦木描画出尖角的形状。

羽毛也是如此,如同日晷上的铁笔?

[①] 在巴黎卢浮宫的那组雕塑中,塔利亚被表现为左手拿着喜剧的面具,右手拿着一根弯弯的棍子,一头触到了地面。

还有从白纸上一晃而过的我们人类影子尖锐的顶端。

写吧，克利俄！给一切事物赋予真正的特点。绝不要

让我们密不透光的个性保留任何方法来限定思想。

哦观察家，哦引导者，哦我们影子的记录者！

我说了滋养的众仙女；她们一言不发并且从不让人看见；我说了吐纳的众缪斯，而现在我将要说一说获得了灵启的缪斯。

因为诗人就像人们会从中喘气的一件工具

在他的脑子与鼻孔之间，为一种类似于气味之酸涩意识的概念。

不要来别的样子，就像小鸟儿打开心灵那样，

当它准备使尽全力歌唱时，它会吸足空气直至浑身骨髓的深处！

但现在我将要说一说聪明的伟大缪斯。

您的那一位手掌凹处长了茧子！

瞧这一个握着剪刀，那一个研磨颜料，而另一个，所有的手指头全都贴在摁键上！

——但这些个都是生产内中声响的女工，人心的震响，这一点命中注定，

深层的流露，黑暗黄金的能量，

让脑子通过它所有的根系来吸收体内深底的脂肪，唤醒四肢直至顶端末梢！

这并不带来痛苦让我们熟睡！叹息一声远远胜过明言坦承，而那最喜爱的人在睡眠中充满我们的心！

多么珍贵，我们就将这样让你逃脱？我将认定哪一个缪斯足够敏捷，要来抓住她拥吻她？

瞧这一位双手抱定了里拉琴，瞧这一位用手指秀美的双手抱定了里拉琴，

就像一架织工的机器，监禁的复杂工具，

欧忒耳珀①系着宽宽的腰带，精神的神圣女祭司，举起高大的无声的里拉琴！

用来作演讲的器具，那一根根弦儿在歌唱，在谱曲。

一只手扶定里拉琴，像是织机上紧绷的丝线，而用另一只手

她弹动拨子如一把梭子。

---

① 欧忒耳珀（Euterpe），九大缪斯之一，司抒情诗与音乐，其象征物为长笛与花篮。

没有一个琴键不含有整体的旋律！充裕，黄金的嗓子，丰饶的乐队！喷涌，强烈的话语！崭新的言语，如一片满是源泉的湖，

从它所有的断口溢出！我听到唯一的音符以一种所向无敌的雄辩而繁衍！

它持续，你手中的里拉琴

持续如同乐谱，整整的一首歌全都写在那上面。

你完全不是那个歌唱的人，你就是歌唱本身，就在它制作出的那一刻，

灵魂的活动依它自身话语之音而谱写！

美妙问题的创造发明，清晰的对话以及用之不竭的寂静。

别离开我的手，哦七弦的里拉琴，就如同一件过渡和对照的工具！

让我在你紧绷的弦线中看到一切！有满是灯火的大地，有满是星辰的天空。

但是里拉琴于我们还远远不够，它那七根紧绷的弦线的清脆栅栏。

深渊，被崇高的目光

遗忘，大胆地经由一点到另一点。

你的跳跃，忒耳西科瑞，将根本不足以穿越它

们，辩证法的工具也不能把它们消化。

得要有角，得要有乌拉尼亚强力张开的圆规，带有两根长方形枝杈的圆规，

它们只是在彼此分岔的这一点上才互相会合。

没有任何的思想恰如一颗黄色或粉色的行星突然出现在精神地平线之上，

没有任何的思想体系恰如普勒阿得斯①，

穿越了行走中的天空而上升，

而圆规也不足以走过所有的间距，如一只叉开的手计算出每一个比例。

你决然打不破寂静！你怎么也无法掺杂进人类话语的声音。哦诗人，你将唱不好

你的歌假如你根本就唱不出节拍来。

但轮到你来一段的时候你的嗓音在歌队中又是那么必要。

哦我诗行中的语法学家！不要寻找道路，要寻找中心！一节一节地衡量吧，要明白在这孤立的两者之间包含的空间！②

---

① 普勒阿得斯（Pléiades），在希腊神话中，她们是提坦神阿特拉斯与大洋仙女普勒俄涅的七个女儿，后化为天上的七姐妹星团（昴星团）。
② 这里有明显的文字游戏："节拍"和"衡量"在法语中用的是同一形态"mesure"，而"明白"（comprends）和"包含"（compris）也使用了相同的词根。

不要让我知道我所说的话！就让我做一个创作之中的音符！让我在我的运动中被消灭！（什么都不是，只是掌舵的手施加的那小小的压力）。

让我掌握我的重量如同一个沉重的星球穿越涌动的圣歌！

在长长的基座的另一端，清空了一个人类躯体的能力

人们放上了墨尔波墨涅①，就像一个军队的首领，一个城邦的建造者，

因为悲剧的脸抬起在脑袋上就像是一个头盔，

她胳膊肘撑在膝盖上，脚踏着一块四四方方的石头，打量着她的众姐妹；

克利俄待在一头，墨尔波墨涅守在另一端。

当命运女神作出决定，

行动，凭借着数字的运算，符号作为时辰将刻写在时光的刻盘上，

她们在世界的各个角落招募肚腹

它们将提供她们所需要的演员，

---

① 墨尔波墨涅（Melpomène），九大缪斯女神之一，司悲剧与哀歌，其象征物为悲剧面具、短剑或棍棒。

他们会在标定的时间出生。

绝不仅仅只是像他们的父亲，而且还要跟他们那陌生的哑角

建立起一种秘密的纽带，他们将认识的那些，以及他们将不认识的那些，序幕的那些，最后一幕的那些。

因此一首诗绝非如同一口袋词语，它绝非仅仅只是

它所意味的那些东西，它本身就是一种符号，想象中的一幕，创造

必要的时间，为它的决心，

为对在其动力与重量中得到研究的人类行动的模仿。

而现在，歌队组织者，你得选拔你的演员，好让各人扮演各自的角色，进退自如，上下有序。

恺撒登上统帅营帐，雄鸡在木桶上放声高唱；你听到他们，你很明白他们俩，

不仅有经典的欢呼，还有公鸡的拉丁语；

两者于你皆为必需，你会将这两者全都聘用；你会雇佣整个的歌队。

歌队围绕着祭坛

完成它的队形变换：它停下，

它等待，头戴桂冠的报幕人出现，克吕泰涅斯特拉①，手持斧头，两脚踏在她丈夫的血泊中，鞋底就踩在那男人的嘴上②，

而俄狄浦斯③双眼挖出，这猜对疑谜的人啊！

挺立在忒拜城的城门中。

但神采奕奕的品达④只给他欢天喜地的队伍留下了

一道过亮的光，还有这寂静，从中渴饮！

哦竞技的伟大日子！

没什么能从中摆脱，相反，一切全都轮番地回归其中。

纯粹的颂歌如一个美丽的裸体在阳光和涂油中闪闪发亮

去伸手寻找所有的神明让他们掺杂到你的歌队之中，

来放声大笑地迎接凯旋，在翅膀的一阵轰鸣中来

---

① 克吕泰涅斯特拉（Clytemnestre），希腊神话中，她是希腊大军统帅阿伽门农的妻子，丈夫出征特洛伊凯旋时，她伙同情夫埃癸斯托斯把他杀死。
② 克洛岱尔本人翻译过古希腊悲剧家埃斯库罗斯的《阿伽门农》，译本于1896年发表于中国的福州。
③ 俄狄浦斯（OEdipe），希腊神话中忒拜的国王拉伊俄斯和王后约卡斯塔的儿子，神谕宣布他将杀父娶母，他为躲避这可怕命运，遂逃亡他国。但后来，不知情的他，还是杀死了自己的父亲并娶了自己的母亲。
④ 品达（Pindare，约公元前518年—前438年），古希腊抒情诗人。

迎接那些人的胜利

　　他们至少凭借着自己的脚力，逃避开死沉的躯体的重量。

　　而现在，波林尼亚，哦你，你站在你姐妹的中央，披裹了长长的面纱，像一个歌手，

　　肘撑着祭坛，肘撑着斜面经桌，

　　让人久等了，现在，你可以开唱新歌了！现在，我可以听到你的嗓音了，哦我的唯一！

　　夜莺的歌喉多么甜美！当强劲而又准确的小提琴开始奏响，

　　肉体突然擦掉了它的聩聋，我们所有的神经就在敏感肉体的共鸣板上构成为一个完美的音阶

　　紧张起来，如同在调音师灵敏的手指头底下。

　　但是当他的嗓音响起，他自己，

　　当这个人既是乐器，又是琴弓，

　　当这理性动物发声[①]在他抑扬顿挫的叫喊中，

　　哦准确而又强劲的中提琴的乐句，哦海西[②]森林

[①] 这里有文字游戏，"理性的"和"发声"的法语分别为"raisonnable"和"résonner"，发音极其相似。
[②] 海西是德国的一座山。地质运动中有所谓的"海西运动"，它主要指晚古生代特别是石炭二叠纪的地壳运动，它所形成的褶皱带，称海西褶皱带。

的叹息，哦亚得里亚海①之上的小号！

在你们心中并不像当初那么基本地回响着最初的黄金，这人类本性的天赋！

黄金，或凡事自身所具有的内在认识，

隐藏在元素之中，在莱茵河底下，由满心嫉妒的水妖②和尼伯龙根③来看守！

每个人用自己的围墙做成了其叙事的那首歌又是什么，

雪松与源泉。

但是你的歌，哦诗人的缪斯，

根本就不是嗡嗡的蜜蜂，汨汨的源泉，丁香树上的天堂鸟！

但如同神圣的主发明了世间万物，你的欢乐就在他名字的拥有中，

因他在寂静中说过"要有它！"就这样，充满着爱，你重复，按照他的召唤，

就像小孩子一字一音地拼写"就有它"。

哦主的婢女，充满了恩惠！

———————
① 亚得里亚海是地中海的一个大海湾，在意大利与巴尔干半岛之间。
② 水妖（Nixe），是中古欧洲传说中出没于湖泊、河流的妖精，外貌为长发美少女，会诱惑男人靠近水边再溺死他。
③ 尼伯龙根是中世纪日耳曼民族的叙事诗中看守莱茵河黄金的一个侏儒族。

你基本上赞同他,你在你的心中凝望着世间万物,对世间的万物你寻找着如何说出它!

当他创建宇宙时,当他用美掌控着竞技,当他发动巨大的典礼,

我们的某种东西就跟他在一起了,看到了一切,在他的作品中尽情地享受,

他的警觉在他日子里,他的行动在他安息日中!

因此当你说话时,哦诗人,在一种令人惬意的枚举中

高声叫喊着世间万物的名称,

就像一个父亲,你神秘地叫唤着他,在他的本质中,按照着以往

你参与他的创造,你协助他的存在!

任何的话语都有一种重复。

这便是你在寂静中唱响的歌,这就是幸福的和谐

你以它滋养着你自身中的聚合与分解。如此,

哦诗人,我决不会说你从自然中接受了任何教训,是你把你的命令加给了它。

你,观察万事万物!

想看到它会做什么回答,你玩笑地叫着它的名字——召唤着它。

哦葡萄园里的维吉尔①！辽阔肥沃的土地

对于你并非处在篱笆的另一侧如一头好心的

母牛教人怎样来开发它，从它的乳房中挤奶。

但是为了第一次演说，哦拉丁人，

你立法。你讲述一切！他对你解释一切，库柏勒②，他构成为你的丰产，

他替代自然说出自然的所想，远胜于一头牛！瞧这话语的春天，瞧这夏日的温度！

瞧这黄金之树发出酒味！瞧这在你灵魂的所有炮口

显形的精灵，恰如冬天的水流！

而我，我在耕地中生产，一年四季艰辛地耕种我那强大而又难弄的土地。

根本，密集，

我命定要劳作收获，我乖乖地干着农活。

我有我的道路，从一条地平线直到另一条；我有我的河流；我的心中有池塘的一种分隔。

当年老的北方小熊星座出现在我的肩膀之上，

---

① 此处明显在影射古罗马诗人维吉尔的《农事诗》。
② 库柏勒（Cybèle），是弗里吉亚人所信仰的地母神，众神之母，大自然生长力的化身，如同希腊神话中的大地之母盖亚，库柏勒体现着肥沃的土地，为天上众神和地上万物的母亲，能使大地回春、五谷丰登。

满满的一夜，我知道对它说同样的话，有它的陪同我在大地上十分适应。

我发现了秘密；我知道怎么说；假如我愿意，我还会对你说

万物都想说的话。

我在寂静中启蒙；有取之不尽用之不竭的活生生的典礼，有一个世界要侵占，有一首难以满足的诗要填写，用各种粮食和水果的生产来填满。

——我把这一使命留给大地；我重又逃向开放而又空旷的空间

哦睿智的缪斯！睿智的女神，睿智的姐妹！还有你自己，沉醉的忒耳西科瑞！

你们怎么会想到要抓住这个疯女，一左一右地摁住她的双手，

捆缚住她连同颂歌，就像只在笼子里歌唱的一只小鸟？

哦在坚硬的坟墓上耐心镌刻下的缪斯，活生生的，鲜灵灵的！你们歌队停止的节拍对我又有什么关系？我为你们重新捉住我的疯女，我的鸟儿！

瞧这根本没有被纯净的水和清新空气醉倒的女子！

一种醉意，恰如红葡萄酒以及一大堆玫瑰带来的那种！赤脚的踩踏下葡萄汁飞溅，硕大的花朵粘了黏黏的蜜！

　　迈那得①被鼓声催疯！发出短笛般尖利的叫喊，巴克坎忒斯呆呆地僵在了爆鸣的酒神怀抱中！

　　火热滚烫！奄奄一息！萎靡不振！你向我伸出手来，你张开了嘴唇，

　　你张开了嘴唇，你用一只充满了欲望的眼睛瞧着我。"朋友！

　　够久了，等得够久了！把我带走吧！我们在这里做什么？

　　你还要关注多少时光，如此惯常，在我睿智的姐妹之中，

　　就像一个主子在他的女工队伍中间？我那些睿智的活跃的姐妹！而我，我是那般热火和疯狂，不耐烦，赤裸裸！

　　你还在这里做什么？快来亲我，赶快来吧！

　　挣断，撕裂所有的联系！带上我你的女神，跟你在一起！

----

① 迈那得（Ménade）是迈那得斯（Ménades）中的一位；希腊神话中酒神狄俄尼索斯的女祭司，巴克坎忒斯是其罗马名字。见上文注。

你感觉不到我的手就在你的手上吗?"

(而我确实感觉到她的手在我的手上。)

"你一点儿都不了解我的厌烦吗,我的渴望就是你本人啊?这颗水果要在我们两人之间吞吃,这把大火要用我们这两个心灵来点燃!持续得太久了!

持续得太久了!带走我吧,因为我已经受不了啦!够久了,等得够久了!"

而确实我瞧了瞧,我看到自己突然变得孤零零的,

被孤立,被拒绝,被抛弃,

没有义务,没有使命,在外面,于世界的中央,

没有权利,没有事业,没有力量,没有准许①。

"你感觉不到我的手就在你的手上吗?"(而确实,我感觉到了,我感觉到她的手在我的手上!)

哦我在航船上的女友!(因为正巧是在那一年
当我开始看到树叶腐烂,世界的火灾生成,
为摆脱季节交替,清凉的夜晚为我显现出一个黎

---

① 在写于同时期的戏剧《正午的分界》中,克洛岱尔表达了同样的精神状态。这也正是他前来中国之际的精神状态。

明，秋季变为一道更固定的光的春天，

　　我跟随它，就像一支军队撤退时烧毁身后的一切。始终

　　越来越向前，直到光灿灿的汪洋的心脏！）

　　哦我的女友！因为世界已经不再在那里

　　来为我们指定我在它繁多运动的组合中的位子，

　　但是脱离了大地，我们孤零零地彼此相依，

　　这一动荡摇晃的黑乎乎碎屑上的居民们，被淹没，

　　消失在纯粹的空间中，那里的地面本身就是光明。

　　而每天晚上，在后面，就在我们抛下海岸的地方，西边的方向，

　　我们将重新见到同样的熊熊火光

　　由整个满满的现今来供养，烈焰熊熊的真实世界的特洛伊！

　　而我，恰如地底下一脉矿藏那点燃的火苗，这秘密的火将我吞噬，

　　到后来它该不会在风中呼呼燃烧？会包含一把人类的大火？

　　你自己，女友啊，你浓密的金色头发在海风中飘散，

你却不知道把它们扎紧在你的头上；它们崩塌了！沉重的指环

滚落在你的肩膀上，伟大的尤物①！

悠然飘起，一切都前往皎洁的月光中！

繁星点点难道不就像是一颗颗闪闪发亮的别针头吗？世界的整个建筑难道不是构成了一种同样脆弱的辉煌

恰比女人的一头秀发，在梳子底下随时都会坍塌！

哦我的女友！哦海风中的缪斯！哦船头上头发般飘散的凌乱想法！

哦抱怨！哦诉求！

埃拉托②！你瞧着我，我在你的眼中读出来一种决心！

我读出来一声回答，我在你的眼中读出来一个问题！一声回答和一个问题全都在你的眼中！

乌拉声在你心中四处响起，像是金石之声，像是草料堆上的烈火！

---

① 这里的"尤物"原文为"joconde"，影射列奥纳多·达·芬奇所绘的《蒙娜丽莎》，因为法国人习惯用"焦孔多"一词来指称这幅名画中的人物蒙娜·丽莎。
② 埃拉托（Erato），九大缪斯之一，司爱情诗与独唱。

一声回答在你的眼中！一声回答和一个问题全都在你的眼中！

巴黎，1900 年。
福州，1904 年。

颂歌二

精神与水 ①

梗概

诗人囚禁在北京的城墙内,梦想着大海。水的陶醉是无限与解放。但钻入中与解放中的精神对他而言还要更高级。奔向绝对之主的冲动,唯有他才能把我们从偶然中解放出来。但在此生中,我们注定与他相分隔。然而他就在那里,尽管看不见,我们通过这流动的元素跟他连接在一起,精神或水,万事万物都被它渗入。永恒的幻象在过渡性的创造中。嗓音既是精神又是水,塑性的元素以及强加给它的意愿,便是这一幸运结合的表达。万物中的精神释放出水,放光并澄清。请求主成为自身,从致命的黑暗中流出。水能净化,当它听从主的召唤喷涌而出,正是这些眼泪从一颗忏悔的心中流出。对往昔错误的回忆。现在一切皆已终止,而诗人在一种深切的寂静中倾听主的精神,它以智慧女神的这一嗓音发出叹息,说给任何人听。

---

① 在最初的版本中,没有这一标题,只有"颂歌二"作为题目。

在长长的烟雾腾腾的寂静之后,

在到处充满了谣言和烟雾的众多日子这巨大的世俗寂静之后,

耕种之地的呼气和金色大城市的花枝,

突然又来了精神,突然又来了气息,

突然心中感受的沉闷打击,突然给出的词语,突然精神的气息,干净利落的劫持,突然精神的拥有!

就如在满是黑暗的天上雷电的第一记喷火即将爆响,

突然宙斯的风突入到一个满是干草与尘埃的涡旋中扫荡了整个村庄!

我的主,您从一开始就分开了上层的水与下层的水,

您从我说的这些潮湿的水中,重新分离出了

旱地①,就如一个孩子从丰饶的母体中分出,

发热的温柔生长的土地,得到乳汁与雨水的滋养,

---

① 以上几句影射了《圣经》中上帝创造世界的说法。参见《圣经·旧约·创世记》(1:6—10):神说,"诸水之间要有苍穹,将水分为上下。"神造出苍穹诸水上下分开。一切照他所言完成。神称苍穹为天。夜晚过去,清晨来到,是第二日。神说,"天空下的水要汇聚一起,好使旱地露出来。"事就这样成了。神称旱地为陆,称汇水为海。神看着是好的。

而在痛苦的时间中，如在创造之日里，您在您万能的手中紧紧地抓住

人类的黏土，四面八方的精神从您的手指头之间涌出，

重新，在长长的大地道路之后，

瞧这颂歌，瞧这伟大的崭新颂歌出现在您面前，

根本不像一个开始之物，却渐渐地如同早就在那里的大海，

所有人类话语的大海，带着水面上的好多地方

被认出，被浓雾下的一记叹息，被那收生婆月亮的眼睛！

然而，现在，我居住在一座金盏花颜色的宫殿附近，在遮掩住一个破败宝座的众多屋顶之树中，

在一个古老帝国的基本瓦砾中。

远离自由而又纯洁的大海，在我看去一片黄色的土中之土，

这里的土本身就是人呼吸的元素，以它的质地无比地玷污着气与水，

这里，汇聚了脏腻的运河，破旧的道路，毛驴与骆驼的小道，

土地的皇帝在此留下他的航迹，朝向有用的上天

高举起双手，祈求风调雨顺的好天气①。

如同在暴风雨的日子人们沿着海岸看到航标灯和悬崖峭壁，紧裹在迷雾与细微的浪沫中，

如此，在大地的古老之风中，方方正正的城市矗立起它的壕墙和它的城门，

层层叠起它那巨大的城门，在黄风中，三乘三的九重门如高头大象，

在灰与尘的风中，在那曾是所多玛②的，曾是埃及和波斯帝国的，巴黎的，泰德穆尔③的，巴比伦的灰色尘埃大风中。

但是眼下，您的那些帝国，一切正在死去的，于我又有何关系，

还有我所留下的你们其他人，还有你们在那里可憎的道路！

既然我是自由的！你们那残忍的安排于我又有何关系？既然我，我至少还是自由的！既然我找到了！

---

① 诗人克洛岱尔在其写于1896年的剧本《第七日休息》中描绘了这样的中国皇帝的形象。
② 所多玛（Sodome）是《圣经·旧约·创世记》中提到的城市，它和蛾摩拉这两个城里的居民不遵上帝戒律，充斥着罪恶，两城终被上帝毁灭。后来，所多玛和蛾摩拉就成了罪恶之城的代名词。
③ 泰德穆尔（Tadmor）现为叙利亚一城市。历史上，泰德穆尔是帕尔米拉的别称，帕尔米拉是叙利亚的著名古城，现仅剩遗址。

既然我,我至少还在外面!

既然我再也没有了跟创造物在一起的位子,但我那一部分跟创造了它们的那个在一起,液态而又淘气放纵的精神!

人们难道铲翻大海?你们难道给它施肥如同给一块四方形的豌豆地?

你们难道为它选择它下一轮的轮作,苜蓿或是小麦,大白菜或者甜菜,黄颜色的或者红颜色的甜菜?

但它是生命本身,少了它一切都会死亡,啊!我要生命本身,少了它一切都会死亡!

生命本身,而剩下的一切都会杀死我,都是致命的!

啊,我远没有餍足!我瞧着大海!凡有终结的所有那一切都充盈我身。

但这里,无论我把脸转向哪一边,都会从那另外的一边

有更多过来,依然也一样也永远也同样也更多!永远,珍爱的心!

用不着担心我的眼睛会穷尽它!啊,我餍足了您那可饮的水。

我不要您那些由太阳所安排好,所收获的水,经过了过滤和蒸馏,由群山之机理所分配,

容易变质的，欢畅流淌的。

您的源泉根本就算不上是源泉。元素本身！

原始材料！我要说，我需要的，是母亲①！

让我们拥有永恒的咸味的大海，灰色大玫瑰！我朝天堂伸出一条胳膊！我走向有葡萄脏腑的大海！

我永远地登上了船！我就像是老水手不再认识陆地，除非通过它的星火，绿色或红色星星的体系，由海图与罗盘来指点。

停靠码头片刻，在箱包与木桶之中，领事馆换证件，装卸工搭一把手；

然后重又起锚，汽笛一声鸣响，轮机启动，绕过防波堤，在我的脚下

重又是涌浪的膨胀！

无论

是水手，还是

鱼儿，由另一条要吃的鱼

拖动的鱼儿，都不是，而是事物本身，还有整个木桶还有活生生的血管，

---

① "母亲"（la mère）一词的读音很容易使人联想到同一发音的"大海"（la mer）。请注意，诗歌的下一行中马上就出现了"大海"。对"水"和"母"的影射明显体现出老子道家思想对诗人的影响。

还有水本身，元素本身，我游戏，我辉煌！我分享无所不在的海洋的自由！

水

永远前来重新找到水，

构成唯一的一滴。

假如我就是海，被亿万条支流架在它的两片大陆上，

满肚子感受到圆圆的天那粗野的牵引，还有静止不动的太阳如火罐底下燃烧的火舌，

知晓我自身的数量，

是我，我在牵拉，我在叫唤，在我所有的根系上，恒河，密西西比河，

奥里诺科河①的浓密草丛，莱茵河的细长带子，尼罗河的双重囊，

而夜间来喝水的狮子，沼泽地，地下的淤泥，得过且过的人们那圆圆的满满的心。

不是海，而是我，我才是精神！如同水

从水中，精神认出了精神，

精神，秘密的气息，

---

① 奥里诺科河（Orénoque），在南美洲，从哥伦比亚流经委内瑞拉入大西洋。

创造性的精神引人欢笑，生命的精神和巨大的气动力，精神的散发

它逗弄，它引人醉，它让人欢笑！

哦这一切更为活跃灵妙，无需担心留在干涸中！我远没有深深地进入，我无法战胜深渊的弹性伸缩。

如同在水的深底，一下子看到了十几个肢体优美的女神，

绿莹莹的，在气泡的爆发中上升，

她们在神妙的黎明时刻嬉戏，在白色的大花边中，在黄色阴冷的火中，在滋滋冒泡的海洋中！

什么样的

门会拦住我？什么样的城墙？水

嗅闻一下那水，而我，我比它还更为液态！

如同它分解泥土和水泥石我的智力到处都在！

水构成泥又松解它，精神造成门又打开锁。

在精神的旁边，惰滞的水又是什么，

相比于它的活动它的强力何在，相比于工匠的价格材料又何在？

我嗅，我闻，我摸索，我琢磨，我带着某种感觉显现

事物的构成方式！我也一样，我的心中充满了一个神，我充满了无知与天才！

哦作品的力量紧紧围绕着我，

我跟您一样知道该怎么做，我是自由的，我是暴烈的，我是自由的，以教授们所不懂得的您那方式！

如同树木每年春季新来时

就萌发，由它的魂灵所催动，

生出绿色，同样的却又是永恒的，从空无中创造出它尖尖的叶儿，

我，作为人，

我知道我所做的，

从这推进中，从这诞生与创造的能力本身中

我利用，我是主人，

我在世界中，我四处运用我的知识。

我认识万事万物，万事万物在我心中也彼此认识。

我给万物带来其释放。

通过我

没有任何事物再会孤立独处，我会在我心中把它跟另一个结合。

这还远远不够！

敞开的门于我又有什么干系，假如我没有钥匙？

我的自由又有何用，假如我不是它真正的主人？

我瞧着万事万物，你们全都要看到，我不是它们的奴隶，而是它们的统治者。

任何事物

忍受得少而强求得多，迫使人们安排好它，任何新的存在

对已存在的那些事物的一次胜利！

而您是完美的存在，您没有妨碍我同样如此！

您看到我做出来的这个人，还有我从您身上取出的这个生命物。

哦我的主，我的生命物叹息着走向您的！

请把我从我的自身中解放出来！请把生命物从其境况中解放出来！

我是自由的，请把我从自由中解放出来！

我看到了不那样存在的种种方式，但是那样存在却只有

唯一一种方式，那就是存在于您之中，那就是您本身！

水

领会着水，精神嗅闻本质。

我的主，您把下层的水和上层的水分开，

我的心呻吟向您，把我从我自身中解放出来，因

为您在!

这一自由是什么,别处我该做点什么?

我必须支持您。

我的主,我看到完美的人在十字架①上,完美者在完美的树木上。

您的子与我们的子,在您的存在中和我们的存在中,被四根钉子钉住双脚和双手,

心破裂为二而大喷泉②一直钻入他的心中!

把我从时间中解放出来吧,取走我那惨苦的心,取走吧,我的主,这颗跳动的心!

但是我不能逼迫在此生中

走向您因我肉体的原因,而您的荣耀就像是咸水的抵抗!

您光芒的表面是不可战胜的,我无法找到

您耀眼黑暗的缺陷!

您在那儿而我也在那儿。

您妨碍我经过,而我也妨碍您经过。

您就是我的终止,而我也一样,我是您的终止。

---

① 诗人克洛岱尔对中国的文字有过研究,尤其多次谈到"人"加"十"为"木"的例子,其解释和描绘中充满了浓厚的天主教思想。
② 这里"大喷泉"的原文为"grandes Eaux",似乎可以理解为"大海之水"。

就像最弱的蛆虫为活着而汲取阳光，还有行星运转的机理，

如此，我生命的气息也没有一丝不从你的永恒中取得。

我的自由有限，因我的岗位在您的禁锢中，因我热烈的游戏部分！

为的是不让您生命-创造之光芒的这一专属于我的射线有所偏离。

我伸出双手向左又向右

为的是让您的造物，那完美的壁垒中没有丝毫一点点的空隙①是因我而存在！

根本不需要我死去来让您活着！

您在这看得见的世界中恰如在那另一个中。

您就在这里。

您就在这里，而我也不能在别处，就跟您在一起。

我这是怎么啦？因为这就好比这古老的世界现在关闭了。

如同往昔，头冲庙宇之上从天而降的

———————
① 这里有文字游戏，"丝毫"和"空隙"的法语原文分别为"aucune"和"lacune"，词形极其相似。

拱顶之石前来截取异教的森林。

哦我的主，我看到了，那现在提供了解放的关键之石，

不是打开的那一块，而是关闭的那一块！

您就和我一起在这里！

它被您的意愿关禁如同被一堵墙，被您的强力封闭如同被一道很坚固的屏障！

而这就像往日的以西结[1]带着七肘半[2]的芦苇秆[3]，

我可以在东南西北四个角重新立起城市的四维。

它是封闭的，而突然间，在我的眼前万事万物

获得了比例与间距。

就这样，耶路撒冷与锡安山[4]彼此拥抱就如两个姐妹，天上的那一位

和在胡拜尔河[5]中洗牺牲者衣物的那个流亡者，

而人间的教堂则向着它的皇族同类抬起它顶着座

---

[1] 以西结（Ezéchiel），是《圣经·旧约》中记载的一位祭司，在被掳到巴比伦期间，看见异象。犹太教认为以西结是第三位大先知。
[2] 肘（coudée），古长度单位，指从肘部到中指顶端的距离，大约相当半米。
[3] 《圣经·旧约·以西结书》（40：3）中记载：有一人，颜色如铜，手拿麻绳和量度的芦苇秆为人丈量房屋。
[4] 锡安山（Sion），又称郇山，是耶路撒冷老城南部的一座山。这个名称经常用来借代耶路撒冷全城和以色列全地。
[5] 胡拜尔（Khobar）为沙特阿拉伯一地。

座高塔的脑袋!

致敬啦,哦我眼前的新世界,哦如今完整的世界!

哦看得见和看不见的万物的完整信条,我怀着一颗天主教徒的心接受您!

无论我的脑袋转向哪里

我都凝望着世间创造物的巨大八度音①!

世界打开,无论那丈量之拃②有多么宽广,我的目光将会穿越它从一端到那另一端。

我掂量太阳就如两个强壮的汉子肩扛着一根横杆中间悬挂的一头肥硕的绵羊。

我清点天国的军队,概述他们的状态,

从俯瞰着海洋老人的那些高大无比的形象③,

一直到被吞噬在最深的深渊中的最稀罕的火,

还有深蓝色的太平洋,那里的捕鲸者窥伺着巨鲸的鼻孔喷出水气柱如一羽白绒之鸟。

您被抓住,从世界的一端直到另一端

我都张开我巨大的知识之网围绕住您。

就如同乐句粘上了铜管

---

① "八度音"(octave)影射整个的音阶,象征着诗歌认识的完整性。
② 拃(empan),长度单位:张开手掌后大拇指和小指两端之间的距离为一拃。
③ 这些高大的形象喻指天空中的星座。

黏住了木管并渐渐地侵入乐池的深层，
如同太阳的喷发
在大地上回荡，如水的发作，浪潮席卷，
从看到您的最大的天使直到路上的石子，从您创造的一端直到另一端，
它始终持续不断，就如同从心灵到肉体；
撒拉弗①们难以名状的运动在九大等级的精灵中传播②，
瞧这风儿也跟着在大地上刮起，播种者，收获者！
如此，水继续着精神，承受着它，滋养着它，
而在
您的一切创造物之间直到您身上，仿佛有着一根液态的纽带相联系。

我向您致敬，哦我眼中那自由的世界！
我明白您由什么而在场，
因为永恒与您同在，而创造物在哪里，创造者就

---

① 撒拉弗（Séraphins），即六翼天使，在天使的等级中属于最高一级，《圣经》中有所提及（如《圣经·旧约·以赛亚书》）。
② 天使可以被看作"精灵"。在法语中，"精灵"（Esprits）一词有"精神"的意思。

在哪里决不离开它。

我在您之中，您在我这里，而您的拥有便是我的拥有。

而现在终于在我们之中

爆发出了开始，

爆发出了新的日子，爆发在了对源泉的拥有中，我不知道那是何等天使般的青春！

我的心不再打出节拍，那是我持续的工具，

而不灭的精神关注着匆匆而过的万物，

但是我说了匆匆而过吗？瞧它们重又开始了。

而总有一死的吗？再也没有死跟我在一起了。

任何生命物，由于它是

永恒之世的一件作品，正因如此它会表达出心声。

它在场，而在场的万事万物发生在它之中。

这不是光线的赤裸文本：您瞧，一切全都从头到尾地写出：

人们能求助于最滑稽的细节：连一个音节都不缺少。

大地，蓝色的天，河流，带着它的船只，还有河岸上的三棵树，

树叶以及树叶上的昆虫，我在手中掂量着的那块

石头,

村庄,还有所有这些人,睁着两眼,说着话,纺着线,做着生意,生着火,挑着担,齐全得就像一个正在演奏的乐队,

这一切便是永恒,不存在于世的自由被取消,

我用肉体的眼睛看到了他们,我在心中生产出他们!

用肉体的眼睛,在天堂我并不使用别的眼睛,而只是这些肉眼本身!

人们是不是说大海死去了,因为有另一波浪潮,还有第三波,还有随之而来的,已经跟上了

早就胜利化解在白沫中的那一波?

它被包容在它的岸上,而

世界则在其界限中,在这封闭的地方什么都丢不了,

而自由被包容在爱之中,

嬉戏

在万事万物中,发明创造最精美的大概齐①,缺损中的整个美。

我看不到您,但我跟那些看到了您的人构成了连

---

① "大概齐",法语原文为"l'approximation",也可译为"大约模""大致上"。

续体。

人们只能归还他们所接受的。

而由于您的万事万物

接受了生命物，在时间中它们构成了永恒。

我也一样

我有一个嗓音，我倾听，我听到了它发出的声音。

我用我的嗓音构成水，那水恰如纯真的水，因为它滋养万事万物，万事万物在它之中画出。

如同嗓音，我用您的嗓音造出永恒的词！除了永恒我无法命名任何东西。

叶子发黄，果子落地，但是我诗行中的叶片永生不死，

熟透的果实也不死，众玫瑰中的玫瑰也不死！

它死去，但它的名字在精神即我的精神中不再死去。它就这样摆脱了时间。

而我，这样一个用自己的嗓音让万物变得永恒的人，请您让我完全彻底地成为

这个嗓音，一种能彻底听懂的话语！

把我从这一毫无生气的材料的奴役和重负中解放出来吧！

由此来净化我！让我摆脱这可咒的黑暗，让我最终成为

自己心中暗自渴望的这整个东西。

让我充满活力吧，恰如由我们的机器吸入的空气让我们的智力像一团炭火那样闪光！

主啊，您一口气吹到混沌上，把干的与湿的分开，

吹到红海上，它便在摩西和亚伦的面前一分为二①，

吹到湿土上，便有了人②，

您同样还支配我的水，您在我的鼻孔中注入创造和形象的同一精神。

根本就不是不纯之物在酝酿，而是纯洁本身成为了生命的种子。

水是什么，为何需要成为液态

并且在天主的阳光中彻底清亮如同透明的一滴？

对这被您液化的湛蓝空气，您又会对我说什么？

哦人类灵魂真是一种更珍贵的万应灵药！

---

① 据《圣经·旧约·出埃及记》第15章记载，耶和华神让摩西带领以色列人逃出埃及，神杖往红海中那么一点，海水便无，让摩西等人众经过。
② 《圣经·旧约·创世记》记载（2∶7）："耶和华神用地上的尘土造人，将生气吹在他鼻孔里，他就成了有灵的活人，名叫亚当"。

假如露珠在阳光下灿烂夺目,

人类的红宝石和充实的心灵在智力的光芒中又将何等地加倍灿烂!

主啊您以您的精神为混沌施洗,

您在复活日的前夕通过您祭司的嘴用字母普西① 来做异端方式的驱邪

您用浸礼之水播种在我们人类的水中

灵活,崇高,沉着镇定,永生不朽!

清亮的水,通过我们的眼睛看到,清脆的水,通过我们的耳朵听到,并通过嘴

品尝七重源泉浇灌的朱红的石榴石,

增色我们的肌肤,造就我们富有弹性的肉体。

恰如精种的一滴孕育出数学图形,剥离出

它定理的种种丰富元素,

由此荣耀的肉体渴望能隐在淤泥的肉体下,而黑夜

则渴望在有限的能见度中被分解!

我的主,怜悯怜悯这些充满渴望的水吧!

---

① 普西是希腊字母 Ψ(读作 psi)。这里当指在复活节之前的圣周六,教士在做礼拜时,会吹气在水上,并画一个"Ψ"形状的十字。

我的主，您看到我不仅仅是精神，我还是水！怜悯怜悯我心中干渴得要死的这些水！

精神充满了渴望，而水则是渴望的对象。

哦我的主，您给了我这一分钟的光明要看，

恰如年轻人在他八月的花园里苦思冥想，时不时地一下子就看到了整整一片天空和一片大地，

一下子便是整个世界，一切都充满了金色雷电的巨大一击！

哦美妙的强大星辰，在黑暗的深渊中隐约瞥见了何等的果实啊！哦小熊星座那长长花枝的神圣弯曲！

我将不死。

我将不死，我将永生！

一切都在死去，而我却生长如一道更为纯洁的光芒！

而就如它们从死中完成死，我则从它的灭绝中完成我的永生不朽。

让我彻底停止成为黑暗！使用我吧！

在您父爱满满的手中表达我吧！

最终出去吧

我心中的整个太阳以及您光明的能力，让我能够看到您

不再仅仅用我的眼睛,而且还用我整个的身体用我的实体以及我闪闪放光与清脆嘹亮的数量的总和!

可分的水衡量着人

不失其身为液态的本质

而且至纯至净,万物皆能从中反映出自身。

恰如一开始承载我主的那些水,

亦如在我们心中合成一体的那些水

不停地渴望着他,他只是他自身的渴望!

但我心中可渴望的东西还没有成熟。

愿黑夜就那样等待着我的分界让我的灵魂慢慢地那样构成

水滴在它最大的重量时便准备落下。

让我在黑暗中为您做一次浇祭,

就如高山之泉用它小小的贝壳给汪洋大海提供喝的!

我的主啊,您在每个人以自身之名诞生之前就认识了他,

您回想一下我吧,当时我就藏身在山岩的缝隙中,

那里喷涌出滚烫的温泉,而我的手就扶在白色大

理石的巨大岩壁上!

哦我的主,当日光熄灭,当路西弗①独自出现在东方,

只有我们的眼睛,哦不,不是只有我们的眼睛,还有我们的心,我们的心欢呼着这颗不可磨灭的星星,

我们的眼睛朝向它的光芒,我们的水朝向这一滴荣耀的光明!

我的主,假如您把这朵玫瑰放在天上,享有

如此多的荣耀这金色的小圆球在被创造的光芒的射线中,

那么受永恒智力启迪的不朽之人的荣耀又要多出多少!

就像葡萄在其绵延的藤蔓底下,就像果树在它得福的日子中,

就像不朽的灵魂,对于它那将死的肉体根本就不够!

假如这疲惫的肉体渴望葡萄酒,假如这崇敬之心向那重又找回的星星致意,

---

① 路西弗(Lucifer),又叫路西法,是西方宗教传说的人物,这里转指金星。原先只是古代犹太教的名词,出现于《圣经·旧约·以赛亚书》第14章第12节,意思为"明亮之星"。经过后世传播,成为了基督教传说的堕落天使,也用来指金星。

那么又有多少渴望中的心灵更需要解决？它根本就抵不上另一个人类心灵。

　　而我也一样，我最终重又找回了它，我必须有的死亡！我了解这个女子。我了解女人的爱。

　　我拥有禁止。我了解这一干渴的源泉！

　　我想要心灵，想知晓它，这根本就不知什么叫死亡的水！我把这人类之星辰紧紧拥在怀中！

　　哦女友，我不是一个神，

　　而我的心灵，我不能与你分享它，你不能把我拿走，不能包含我并拥有我。

　　而就这样，如同某一个掉头远去的人，你背叛了我，你不再在任何地方，哦玫瑰！

　　玫瑰，在此生中我将不再看到你的脸！

　　而我就这样独自在激流之旁，面冲着大地，

　　就如一个忏悔者跪在我主的山脚下，在雷鸣般的咆哮声中双臂交叉成十字！

　　瞧这滚滚热泪夺眶而出！

　　我在那儿如一个正在死去的人，他窒息，他心痛，我的整个心灵都飞出我身就如一股巨大的飞溅的清亮水柱！

　　我的主，

　　我看到自己，我评判自己，我不再有任何的价值给我自己。

您曾经给予了我生命:我这就把它还给您;我更愿意您把一切都拿回去。

我终于看到了我!我为之而遗憾,我内心中的痛苦展开一切如同一个水汪汪的眼睛。

哦我的主,我什么都不再要了,我把一切都还给您,一切于我将不再有任何价值,

而我看到的只剩下我的苦难,还有我的虚无,还有我的剥夺,而这至少还是我的!

现在喷涌出

深深的源泉,喷涌出我发咸的灵魂,洁净种子的深深囊袋爆发出一声巨大的叫喊!

现在我变得完美地清亮,彻底地

清亮,我心中再没有什么

只剩下对唯独的您的一种完美剥夺!

.

而现在又一次一年的日子流逝之后 ①

就如天使为但以理带来收获者哈巴谷 ②,却并没有

---

① 此处明显影射诗人自己在法国度过的一年(1905年4月到1906年3月),他彻底告别往昔的单身生活,结了婚,并立即携新婚的妻子来中国,1906年5月到北京,后转到天津。
② 但以理(Daniel),犹太教圣典中的大先知,《圣经·旧约》中专有《但以理书》一书。其中讲到,一个天使把收获者哈巴谷带到空中,然后又把他带往被囚在深坑中与狮子待在一起的但以理身边,为但以理提供了食粮。

松开他篮筐的把柄，

主的精神一下子在围墙之上迷醉了我，我现在处在这个陌生的国度中。

风现在又在哪里？海又在哪里？把我一直引到这里来的道路又在哪里？

人们又在哪里？什么都没有了，只剩下永远纯净的天空。往昔的风暴又在哪里？

我竖起耳朵：只有这树木还在颤动。

我仔细聆听：只有这树叶还在坚持。

我知道搏斗已经结束。我知道风暴已经结束！

曾经有过往昔，但那已经不再有。我感觉在我脸上有一丝更冷的气息。

在场重又出现，吓人的孤独，而突然气息重又吹到我脸上。

主人啊我的葡萄园就在我的在场中，而我看到我的释放不再能够摆脱我。

那个了解释放的人，现在正为所有的连接而嘲笑自己，而谁又将懂得他心中的那种笑？

他瞧着万事万物笑了。

主人啊，他在这里为我们行好，我见到人们时并不转身。

我的主，您就让我躲开所有人的视线吧，别让他

们中的任何一个认识我,

　　就像永恒的星星

　　自有它的光,愿我身上什么都别留下唯独只有嗓音。

　　听得懂的圣言还有表达出来的话语,还有嗓音那就是精神与水!

　　兄弟,我不能把我的心给您,但是物质不起作用之处精妙的话语就有价值了

　　它就是带着一种永恒智力的我本身。

　　听着,我的孩子,把脑袋向我倾斜,我将把我的灵魂给你。

　　世界上有着众多的喧哗,然而只有心儿被撕裂的爱人才能在树的顶梢听到叶片莫名的颤抖。

　　如此,在人类的种种嗓音中到底哪一个才是恰好不高也不低?

　　为什么你听到的只有一个?因为只有它才服从于一种神圣的节拍!

　　因为只有它才整个儿地就是节拍本身,

　　神圣的,自由的,无比强大的,创造性的节拍!

　　啊,我感觉到了它,精神不停地被带到众水之上!

　　没有什么,我的兄弟,而你本身,

　　会仅仅因一个难以言喻的比例,因可无限分割的

众水之上的正确数目而存在!

听着,我的孩子,别向我把你的心关闭,而要迎接

理性嗓音的入侵,水和精神的解放就在这其中,而所有的联系

都由它来解释和解决!

这根本就不是一个大师的教诲,也不是为学习而让人做的作业,

这是一份看不见的食粮,这是超越任何歌词之上的节拍,

这是接收了心灵的心灵而你心中的万事万物都变得十分清楚。

它就这样位于我家的门槛,那话语它就像是一个永恒的姑娘!

打开大门吧!主的智慧就在你面前像是一座荣耀的高塔,像是一个头戴王冠的女王!

哦朋友,我根本就不是一个男人也不是一个女人,我是在一切话语之上的爱!

我向您致敬,我亲爱的兄弟。

您千万不要碰我!你不要试图抓住我的手[①]。

北京,1906年。

---

① 诗句中明显有"您""你"的称谓之分。

颂歌三

尊主颂 *①

梗概 ②

诗人回想起主行的事迹,为他献上一首感恩的赞歌。——因为您为我解脱了偶像。真实事物的庄严与辉煌是一种活动的景象;一切皆有用。诗人要求在仆役中得到一个位子。——因为您为我解脱了死神。一种杀人的愚昧哲学的恐怖与诅咒。拥抱诗歌使命,它就是在万事万物之中寻找到主,并让它们能为爱所理解。——歇息。创造物的疲乏。对神圣意愿与圣秩圣事 ③ 的纯粹简洁的服从。——愿你得到祝福,我的主,您为我解脱了我自身,而您自己就以这初生婴儿的形象位于我的怀抱中,诗人带来了主,进入了我主应许赐福之地。

---

* 本篇写于 1907 年 4 月。
① 《尊主颂》(Magnificat):又称《马利亚颂》,是天主教礼拜时常唱的颂歌,通常在晚祷时诵唱。歌词直接取自《圣经·路加福音》第 1 章第 46 节至第 55 节。
② "梗概"是 1913 年出版时添加的。
③ 圣秩圣事(ordination),为基督教教派的圣事礼仪,或称神品圣事、按立圣职圣礼,简称按立礼。

我的心灵赞美我主。

哦往昔那苦涩的长长街道，那时候我是孤独的，孑然一身！

在巴黎的行走，向下通往圣母院①的这条长长的街！

就如同年轻的竞技者处在他们朋友还有他们教练者的团队中匆匆地走向椭圆形竞技场②，

这一位冲他的耳边说话，另一位甩开了胳膊，重新紧跟上摩肩接踵的大群，

我行走在我那众神匆匆的脚步之中！

在圣约翰日的夏日③森林中没有那么多的喃喃声，

花团锦簇的缎纹布就没有那么密集的花枝鸟语，传说中水流从山上潺潺流下

汇聚了荒漠的叹息，还有傍晚时高大的梧桐树迎风招展的簌簌飒飒，

---

① 1886年圣诞之夜，克洛岱尔在巴黎圣母院望大弥撒，被管风琴神妙无比的圣乐演奏和唱诗班气势磅礴的圣歌合唱所震撼，感到心中有一股勃越欲喷的激情，仿佛灵魂受到了天主的召唤。他当即立志，为歌颂天主教信仰而献身。四年后，他正式皈依天主教。
② 圆形竞技场的原文为"l'Ovale"。
③ 按照西方的宗教习俗，圣约翰日为6月24日，时值盛夏。

这颗年轻的心中有多少充满了渴望的话语!

哦我的主,一个年轻男子,一个女人的儿子,对于您远比一头年轻的公牛要更惬意!

而我在您面前就如一个屈身的角斗士,

并非他认定自己很弱,而是因为另一个更为强大。

您直呼我的名字

就如某个认识他的人,您从与我同龄的所有人中把我选出。

哦我的主,您知道年轻人的心是多么的充满爱意,它是多么的不想看到它的脏污和它的虚荣!

而您一下子就成为了某个人!

您用您的强力霹雳一般地让摩西死去①,但您在我的心中是一个无罪的生命。

哦我就是那女人的儿子!因为瞧呢,主人们的理智和教诲,还有荒诞,所有这一切都不能支撑起任何一点儿什么

来对抗我心的暴力,对抗这个小孩子伸出来的双手!

哦眼泪!哦过于软弱的心!要爆炸的眼泪之矿!

---

① 据《圣经·旧约·申命记》记载(34:5—7),"耶和华的仆人摩西死在摩押地,正如耶和华所说的……摩西死的时候年一百二十岁。眼目没有昏花,精神没有衰败"。

来吧，忠诚的人们，让我们钟爱这个新生的婴孩。

不要以为我是你们的敌人！我一点儿都不明白，我一点儿都看不出来，我一点儿都不知道您在哪里。但我转身把这张满是热泪的脸朝向您。

谁会不爱上这个爱着我们的人？我的精神在我救主的心中狂喜。来吧，忠诚的人们，让我们钟爱这个为我们而诞生的小孩。

——现在我已经不再是一个新来者，而是一个正值生命中期的男人，知晓诸事，

他停下来，他站定掌握着巨大的力量和耐心，他打量着四周。

而这一精神还有声音您把它们都放到了我的心中，

瞧我说了很多话语和虚构故事，好多人都一起在我心中带着他们各自不同的嗓音。

而现在，搁置下长久的争论，

我听到我自己独自一人走向您那是另一个开始了

用复数的嗓音歌唱就像小提琴被琴弓拉响了双重之弦。

既然我在这里的住所只有这沙土墙面还有七个重叠的水晶球这连绵不断的景色，

您在这里跟我一起，而我要去从容地为您一人献

上一首美丽的赞美诗,就像卡尔梅勒山①上一位正瞧着一小片云彩的牧者。

在这十二月的冬季,在这极端严寒的季节,当任何拥抱都变紧变短时,这一夜本身却灿烂光明,

欢乐的精神直直地进入我身

就好比圣言直达荒漠中的约翰②;时值该亚法和亚那任大祭司③,希律

为加利利分封的王④,其兄弟腓力统治以土利亚和特拉可尼地方的王⑤,而吕撒聂则统治亚比利尼⑥。

我的主,您跟我们说话,用的就是我们向您致达的同样话语,

您不会轻视我这一天的嗓音,比对您的孩子们中

---

① 卡尔梅勒山(Carmel)在以色列,12世纪中叶,意大利人贝托尔德在这山上创建了天主教托钵修会之一的加尔默罗会,又译迦密会,俗称圣衣会。
② 《圣经》中说到,约翰在荒漠中传道时,听得有声音说道:"预备主的道,修直他的路!"(《圣经·新约·马太福音》3:3)。
③ 该亚法(Caïphe)和亚那(Anne),都为《圣经》人物,据《圣经·新约·路加福音》记载(3:2),他们都为当时的祭司。
④ 希律(Hérode),《圣经》中有多位人物都叫希律,这里指的应是大希律(约前74年—前4年)是罗马帝国犹太行省的总督。加利利是当年犹太行省的一个行政区。
⑤ 以土利亚(Iturée)是古罗马时期的希腊人对以色列和黎巴嫩附近一个地区的称呼。特拉可尼是叙利亚南方的一个荒漠之地,现在称为Al-Lejâh。
⑥ 亚比利尼(Abilène)是当年罗马帝国犹太行省的一个行政区,位于东黎巴嫩山地区。

的任何一个或者对您的婢女马利亚本人更加轻视，

当她在她的内心冲动中向您喊叫时，因为您看重她的谦恭卑微

哦我主的母亲！哦众女人中的女人！

您在这长途跋涉的旅行之后一直来到我面前！而我心中千万代的人直到我本人都认定您为有福之人！

如此您一走进来，伊利沙白①就竖起耳朵，

而这已经是那个被认定不孕的女人怀孕的第六个月份了。

哦我的心因了赞美是多么的重，它艰难地向您抬升，

如同沉重的黄金香炉满是焚香与炭火，

一时间里从它绷紧的链条之端飞腾开去

落下，在经由之处留下

一朵大大的云彩在浓雾弥漫的阳光中！

愿那声响构成嗓音，愿我内心的嗓音构成话语！

在整个结结巴巴的宇宙中，请让我准备好我的心，如同某个知道自己要说什么的人，

因为造物这一深彻的狂喜并非徒然无果，而天堂

---

① 伊利沙白（Elisabeth），《圣经·新约》中的人物，亚伦的后人，祭司撒迦利亚的妻子，多年不孕，后来，主的使者告诉她怀孕了，生下施洗者约翰。

中无数众人确切保守的这一秘密也同样并不徒然无果;

而我的话语相当于他们的沉默!

事物的这一善也一样,空心芦苇的这一颤抖也一样,当从位于里海和咸海①之间的这古老坟头,

东方博士②见证了天空星辰中一次伟大的运作准备。

但是愿我找到的只有正确的话语,一旦把它找到,愿我只是吐露出

我心中的这一话语,而一旦把它说出,随后我就死去,一旦说出之后,我就把脑袋

垂在我的胸前,就如年老的神甫一边祝圣一边死去!

愿您得到祝福,我的主,您把我从偶像中解救出来,

您让我只崇拜您一个,而根本没有伊西斯③和俄西里斯④的份,

---

① 咸海(Aral),位于哈萨克斯坦和乌兹别克斯坦交界处的咸水湖。
② 东方博士(Roi Mage),指耶稣出生时来自东方的朝拜圣婴耶稣的贤士。
③ 伊西斯(Isis)是古埃及的一位女神,被敬奉为理想的母亲和妻子、自然和魔法的守护神。
④ 俄西里斯(Osiris)是埃及神话中的冥王,是古埃及最重要的神之一,皮肤绿色。他是伊西斯的哥哥,与伊西斯生下荷鲁斯。

或正义之神,或繁荣之神,或真理之神,或神性,或人性,或自然之法则,或艺术,或美,

您不允许所有那些并不存在的东西存在,或让由您的缺席而留出的空无存在。

就如野蛮人为自己建造出一条独木舟,用那条多余的木板制造出阿波罗,

如同所有这些说话者用剩余的话语用它们的形容词为自己做出毫无实体的魔怪,

比摩洛[①]还更空洞,这专吃小孩的人哦,比摩洛还更残忍更可怕。

他们有一种声音却没有丝毫嗓音,有一个名称,却没有任何人,

而污秽的精灵就在那里,它充实了荒芜之地以及一切空缺之物[②]。

主啊,您把我从书本和概念中,还有从偶像及其祭司中解救出来,

而您却根本不允许以色列在阴柔女气的桎梏下尽责尽力。

---

① 摩洛(Moloch),是上古近东一个神的名号,按照《圣经》的说法,其崇拜在迦南地方很流行,据说此神专事火祭儿童。
② 参见《圣经·新约·马太福音》(12:43):"邪灵离了所附之人,就在干旱之地过来过去,寻求安歇之处,却寻不着。"

我知道您根本就不是死亡之神，而是活人之神。

我根本不会去尊敬幽灵与玩偶，也不会尊敬狄安娜①，义务之神，自由之神，还有神牛阿匹斯②。

您的"精灵"，您的"英雄"，您的伟人，您的超人，所有这些变了容貌者全都同样可怖。

因为在死人中间我不是自由的，

而我存在于现存的万物之中，我迫使它们必不可少地有我。

我希望不要高于任何什么，而仅仅只是一个恰如其分的人，

恰如您达到的完美程度，恰如其分地活在其他那些真实的精灵之中。

您的那些寓言于我根本就没什么要紧！只要能让我前往窗户并打开夜晚，在我的眼前显现为一个自发的数字

无穷无尽众多的0跟在我的必然性系数1的后面！

它是真的！您给了我们白日之后的伟大的夜，还有夜空的现实。

---

① 狄安娜（Diane），罗马神话中的月亮与狩猎女神。
② 神牛阿匹斯（Apis）是古埃及神话传说中最早将神性表现在动物身上的神，象征着丰饶及生产力。

由于我在那里，它也就在那里带着它在场的亿万者，

它给我们留下照相纸上带有 6000 个普勒阿得斯的签名，

就像罪犯用他沾了印油的大拇指在供状上摁印画押。

观察者寻找并发现了支轴和红宝石，海格力斯①或阿尔库俄涅②，还有星座

其形状如同一个大祭司肩上的披肩搭扣，如同点缀有珍贵宝石和五彩花纹的精美饰带。

在此在彼，世界的边缘各处，创造之功力完结之地，阵阵迷雾

就如，当被风暴猛烈打击和摇撼的大海

复归于平静，四面八方依然留有白色浪沫，大块含混的盐向上涌起。

就这样基督徒在信念的天空中感觉搏动着他所有活着的兄弟们的万圣节。

---

① 海格力斯（Hercule）即赫拉克勒斯，是希腊神话最伟大的半神英雄，是主神宙斯与凡人女子阿尔克墨涅所生的儿子，神勇无比、力大无穷。因其出身而受到宙斯之妻赫拉的憎恶。
② 阿尔库俄涅（Alcyone）是希腊神话中风神埃俄罗斯的女儿。嫁给了启明星厄俄斯弗洛斯之子特剌斯国王刻宇克斯。婚后夫妻感情恩爱，美满幸福，但他们忘乎所以，把自己比喻成神。众神对他们的傲慢不逊极为气恼，把他们化成鸟，一为潜水鸟，一为翠鸟。

主啊，您所征募来听命于您的，决不是铅块或是石头，或是朽坏的木头，

而没有一个人将被固化在这样一个形象中，他曾开口说：*Non serviam*！①

并非死战胜了生，而是生毁掉了死，它无法撑住了对待它！

您把偶像抛下，

您把所有这些强者从其座位上放下②，您想为仆佣们带来火的焰尖本身！

就如在一个港口当溃败来临，人们看到黑压压的劳动者人群覆盖了码头，沿着船儿在那里骚动，

就如我眼中攒动不已的星星还有活跃的巨大天空！

我被拿住，无法摆脱，就像一个数字被俘在总和之中。

是时候了！要完成分配给我的任务唯有永恒才足够。

而我知道我要对此负责，我相信我的主人而他也

---

① *Non serviam*，拉丁语，意为"我将不服侍"，通常认为是从撒旦路西弗口中说出来的，表达其不愿意在天国中服从上帝。
② 参见《圣经·新约·路加福音》(1：52)："他把强权者从宝座上推下，他又把卑微者抬举。"

相信我。

我坚信你的话语,我并不需要纸张。

因此让我们挣断梦幻的连线,让我们蔑视那些偶像,让我们紧紧地用十字来拥抱十字。

因为死亡的形象产生死亡,而对生命的模仿

产生生命,而我主的幻象则孕育永恒的生命。

我主啊,愿您得到祝福,您把我从死亡中解救出来!

由此,马利亚,摩西的姐姐[①],

解开蒙纱露出脸,高声叫喊,高声歌唱,

在吞没了法老的大海的另一端,

因为瞧吧大海就在我们的背后!

因为您接待了您的孩子以色列,因为您重温了您的仁慈,

因为您通过朝他伸出手让这受辱的人走向了您的高度,就像一个人走出了他的深沟。

在我们背后是波涛汹涌的混沌大海,

但您的人民脚底干干地穿越了大海他们跟在摩西

[①] 《圣经·旧约》中,摩西和亚伦的姐姐名叫米利暗(Miryam),此名字在《圣经·新约》中的形式即为"马利亚"。

和亚伦的身后走了一条最短的路。

大海在我们身后而在我们面前的是主的荒漠以及闪光中可怖的高山,

而闪光中被光显现被光慢慢吸收的高山像是一只公羊在尽情跳跃,

像是一只马驹在一个人过于沉重的重压下拼命挣扎!

在我们背后大海吞没了迫害者,连人带马一口吞下,就像一块铅锭滚落到无底的深渊!

恰如古老的马利亚,恰如这另一位马利亚在希伯仑[①] 小小的花园里

瑟瑟颤抖,当她看到紧紧握住她手的她那表姐妹的眼睛,

而以色列的期待明白到她就是那一位!

而我恰如您拉出了枯井中的约瑟[②] 还有深坑中的耶利米[③],

[①] 希伯仑(Hébron)是以色列约旦河西岸地区的一个城市,是犹太教中仅次于耶路撒冷的圣城,位于耶路撒冷以南 30 公里。
[②] 约瑟(Joseph),《圣经·旧约》中犹太人十二列祖之一,雅各之子,曾被嫉妒的兄弟们卖给以实玛利人。关于他被兄弟扔进枯井的故事,见《圣经·旧约·创世记》第 37 章。
[③] 耶利米(Jérémie),《圣经》中的希伯来先知,是《圣经·旧约》中四大先知之一。耶利米被陷害落入深井中后被救出来一事,见《圣经·旧约·耶利米书》第 38 章。

就这样您把我从死亡中解救出来,而我也跟着欢呼,

因为他为我作出了伟大的事而他的名字就叫圣人!

您在我的心中播撒了对死亡的恐怖,我的心灵对死亡没有丝毫的宽容!

博学的人,享乐至上的人,地狱阇识者的师傅,遁入空门的实践者,

婆罗门,僧侣,哲人,你的顾问,埃及,您的顾问,

您的方法,您的演示和您的戒律,

没什么能为我调和,我苟活在您可恶的夜里,我在绝望中举起双手,我出神地举起手,在野蛮而又聩聋的希望的传送中!

谁不再相信主,谁就不再相信生存,而谁憎恨生存,谁就憎恨他自身的存在。

救世主,我找到了您。

谁找到了您,谁就不再宽容死亡,

他将以您来质疑一切,以您在他心中点亮的这不宽容的火焰!

救世主,您没有把我放置一旁就像温室中的一朵花,

就像身披袈裟的黑僧侣，每天早上风帽如花绽放闪耀出金光来迎接旭日中的弥撒，

而是把我栽种在最深最厚的土中

就像坚韧不拔战无不胜的狗牙根穿越古老的黄土以及叠加的沙土层。

救世主，您在我心中播下了一颗种子，那不是死亡的种子，而是光明的种子；

请耐心地留下来跟我在一起，因为我不是您的一个圣人

不会用忏悔来研碎苦涩而又坚硬的表皮，

不会被自身的成果四处侵蚀

就像一个洋葱被自己的根系吃掉；

——如此的弱小竟至于让人以为已经身亡灯灭！但他重又起来行动，付出长时间的耐心来不停地完成成果与变化。

因为我必须终成的并不是这孤独的躯体，而是这纯天然的整个世界，提供

让人明白的并分解它吸收它

在您心中，再也看不到任何什么

能在我心中耐得住您的光明！

因为有一些是能通过眼睛看到的，通过耳朵听到的，

但对我来说，我仅仅只是通过精神去瞧去听的，我将看到这带着黑暗的光明！

但是，能被目光看到的任何一切对我又有什么要紧，它们都是可见的啊，

还有我接受的生命，假如我不把它给出，还有所有那陌生的一切，

还有那一切，不是您本人的其余一切，

还有在您生命边上的这一死亡，我们称之为我的生命！

我已经厌倦了虚荣！您看到我臣服于虚荣，但我并不想那样！

我哪里还会毫不喜悦地看重您的作品？

不要再跟我说到玫瑰！任何果子于我都不再有滋味。

您从我这里夺走的这一死亡又是什么，

就在您在场的真相边上

就在这无法毁灭的虚无边上？而这虚无不是别的就是我

我必须靠着它来支持您。

哦漫长的时间！我再也支撑不下去了，我就像那样一个疲倦无力的人，一手扶定了墙。

一个白天紧接着另一个白天，但眼下这个白天太

阳停止不动了。

眼下是冬天的严酷,永别了,哦,夏日的明媚,恐慌不安,纹丝不动的震惊。

我更喜欢绝对。请您不要把我还给我自己。

眼下是严酷的寒冷,眼下是唯一的我主!

在您心中我处于死亡的前头!——而眼下,新的一年已经重又开始。

以往我跟我的灵魂在一起,如跟一片大森林同在

但愿人停止说话之后却一直不停止听闻,那是一种有着更多喃喃嗓音的人,远胜于历史与小说,

(而再过一会儿就是早上了,或者是星期日了,能听到一记钟声在人群中响起)。

但现在,交替而来的风不再响动,我身边的树叶却纷纷落下,形成厚厚的一层。

而我试图对我的心灵说:哦我的心灵,我们看到的所有那些地方,

还有所有那些人,还有穿越了多少次的大海!

而它就像某个知晓答案却不愿意回答的人。

我们周围所有那些反对基督的敌人:快拿起你的武器,哦女战士!

但是我就像一个用一截干草挑逗丑陋的小小蝎子的孩子,这一切全然不能引起他的注意。

"和平！你来好好地享受吧！

并且你要说：我的灵魂并不是通过话语来赞美救世主的！

它要求停止成为一段界限，它拒绝成为他神圣意愿的任何阻碍。

必须如此，这已不再是夏天了！这里不再有绿色，也没有任何事物经过，唯有我主。

你瞧吧，你会看到失落的乡野；四面八方的田野都被剥夺得干干净净，就像一个丝毫没有作恶的老人！

它庄严地相似于死神，将前来接受圣礼作为新的一年的劳作，

就像神甫俯伏躺在他两个助手之间，就像一个即将领受最高命令的副祭，

而雪花落到它之上如同一种赦免。"

而我知道，我还记得，

我又看到了这片森林，圣诞的次日，太阳还没有升高的时刻①，

天地一片白色苍茫，就如一个神甫穿上了洁白的

---

① 据克洛岱尔研究专家的考证，这一森林雪地的景象是克洛岱尔对自己1905年圣诞节在枫丹白露森林中的散步的某种回顾。

外袍，人们只看到他的双手有着黎明的彩色，

（整个树林像是被笼罩在厚厚的一层暗色玻璃中），

从树干到顶端最细的枝叶一切全都洁白，而就连枯叶的

玫瑰色本身还有松树的杏仁绿也是白色，

（漫长的平和与黑夜时辰中空气在滗析就如一股恬静的酒浆），

而尘网上耷拉着绒毛的长长的蛛丝证实了跪祷像的静修默想。

"谁若参与到主的意志中，谁就得参与他的寂静。

全身心地跟我在一起吧。让我们面对所有的眼睛共同缄口！

谁若给出生命，谁就得接受死亡。"

我的主，愿您得到祝福，您把我从我自身中解放出来，

您让我不把我的善放在我自身中，在修女德兰①被禁的狭窄的单人囚室中，

---

① 德兰（Thérèse），当指阿维拉的德兰（Thérèse d'Avila，1515—1582），又称耶稣的德兰，旧译德肋撒或圣女德肋撒，西班牙天主教神秘主义者、加尔默罗会修女，通过默祷过沉思生活的神学家。她是加尔默罗会的改革者。

而是在您唯一的意愿中，

不是在任何的善中，而是在您唯一的意愿中。

幸福的并不是那个自由的人，而是听从您的决定的人，就如箭袋中待飞的一枚箭！

我的主，您在一切以及您自身的原则中注入了父爱，

愿您得到祝福，因为您给了我这个孩子①，

而您放在我这里的给了我的这一生命就能还给您了

而眼下我是她的父亲与您一起。

不是我在孕育，也不是我被孕育了。

愿您得到祝福因为你并没有把我抛弃给我自己，

因为您曾接受了我就如一件有用之物，对您所建议的目的有好处。

眼下您不再害怕我就如不怕那些高傲者那些富有者因您把他们两手空空地打发掉。

您在我身心中注入了您的强力那是您谦卑之力而通过它您在您的作品面前消除了自己，

就在他那代人的这一天人们回想起他们是土，而

---

① 克洛岱尔的大女儿玛丽于1907年1月20日诞生在中国天津，诗人也正是在此时写下了这一篇《尊主颂》。

我跟您一起变成一个原则和一个开端。

就如同您需要马利亚而马利亚则需要她所有祖先的这一脉，

直到她的心灵前来赞颂您，您从她那里接受世人眼中的崇高，

就这样现在轮到我了轮到您需要我了，就这样，您想要，哦我的主人

从我这里接受生命就像在行供奉的神甫的手指头之间，并把您自己放在我怀中这一真实的形象中！

愿您得到祝福，因为我绝非唯一的留传人，

而从我这里会出来一种生存，会带来我那不朽的孩子，从我这里会轮到我成为这个永恒的真实形象，一个灵魂连同着一个肉体，

您接受了意象和维度。

眼下我的怀中紧搭着的并不是一块石头，而是这个哭闹着又伸胳膊又蹬腿的小人儿。

我就这样返回到无知中到自然的一代代人中命中注定去迎接一个陌生的终极目的。

因此，正是您，新来者，我最终能够瞧着您。

是您，我的灵魂，我最终能够看到您的脸，

就像一面镜子刚刚从我主那里被拿走，干干净净的还没有任何其他形象。

从我自身中诞生出某种陌异的东西,

从这肉体中诞生出一个灵魂,从这个外在的可见的人中

诞生出我不知晓什么样秘密的和阴性的东西,带着一种奇特的相似性。

哦我的女儿!哦小小的婴儿,就像是我最基本的灵魂,而当渴望将由渴望得到净化时

也必须重新变得像它一般!

愿您得到祝福,我的主,因为替代了我的,是一个毫无傲慢心的孩子的诞生

(由此在书中的不是发臭的死硬的诗人

而是纯洁无瑕的心灵没有防卫没有肉体彻头彻尾地给予与接纳),

从我的心中诞生出某一新事物带有一种奇特的相似性!

相似于我也相似于我之前所有祖先的茂盛群体它开始成为一个新的生命。

我们被要求依照我们世世代代的类别

好让血与肉都按着我主的这一特别[1] 意愿来造就。

---

[1] 此处的"特别"一词用的是"espéciale"这一不太规范的形式,而不是常见的"spéciale",诗人兴许想通过这个词来让人联想到"espèce"即上文中的"世代的类别"。

你是谁，新来的人，陌生的人？你又要拿属于我们的这些东西来做什么？

我们眼睛的某一种颜色，我们心脏的某一种位置。

哦诞生于一片陌异土地上的孩子！哦小小的玫瑰之心！哦比一大捧白色的丁香还更鲜艳的小小花束！

他为你等待两位老人，就在用铁钉钩子修补过的豁裂的祖传老屋里。

他为你的洗礼在同一个钟楼里等待三口钟，它们曾为你父亲敲响过，就像是天使以及芳龄十四的小小姑娘，

十点钟时当花园里充溢着芳香所有的鸟儿都用法语歌唱！

他为你等待着位于星空中钟楼之上的这一巨大行星，恰如那些小小的《圣母经》当中的一首《天主经》，

当阳光熄灭当人们在教堂的上空开始计数两颗微弱的星星就像是为处女帕茜昂丝和艾芮娣[①]！

如今在我和众人之间有了小小的一点变化，即我已经是他们中一人的父亲。

[①] 帕茜昂丝和艾芮娣的法语为"Patience"和"Evodie"。她们都是早期基督教的圣女。

那一位根本就不恨给予了他生命的那个生命,他将不会说他一点儿都不懂。

就如没有任何人来自他本人,也没有人为了他本人而生。

肉体创造肉体,而男人创造出并不为他而生的孩子,而精神创造出

向着其他精神而言的话语。

就像奶娘胸中鼓胀着充沛的乳汁,诗人把自己心中的这番话语说给别人听。

哦神明你们没有了那从中根本不能反映小小玩偶的古人眼珠!阿波罗·洛克萨① 白白地抱住了膝盖!

哦道路交叉口上的金头②,除了你白白流淌的鲜血,以及在凯尔特石头上发出的誓言,你还有别的东西可以向恳求者倾诉③!

鲜血与鲜血相结合,精神与精神相匹配,

还有野蛮的想法与书写的思想,还有异教的激情与理性有序的意愿。

谁若相信我主,便会大大地受益。他若有了圣

---

① 洛克萨(Loxias)是希腊罗马神话中太阳神阿波罗的一个称号。
② 克洛岱尔创作有戏剧剧本《金头》(第一版本发表于1890年,第二版本发表于1901年)。
③ 在《金头》一剧中(第一幕最后一场),主人公塞贝斯跪在西蒙·阿涅斯面前,感觉到西蒙的鲜血流到了他的头上。

子，便会有圣父在一起。紧紧地抱住活生生的文本吧，你那战无不胜的主就在这喘气的文献中！

拿着这属于你的果实，还有只说给你一个人听的词语。

把他人的生命而不是他们的死亡揣在心中的那个人有福了，这就像一只水果随时随地地渐渐成熟，而你的思想在他心中显现出创造性来！

他就像是一个父亲在孩子们中间分享自身之实体，

就像一棵被洗劫一空的树，人们不再给它留下哪怕一个果子，而通过它，颂歌将献给用财富充实饥饿者的我主！

我的主，愿您得到祝福，是您把我引入到我的下午这一片土地上，

就如同您曾让来自东方的三博士穿越暴君的围追堵截，就如同您曾引导以色列人进入荒漠之地，

还如同在长时间艰难的攀登之后一个人终于在高山的另一侧发现了下坡的山口。

摩西死在高高的山顶[①]，但约书亚却和他的全体人

[①] 据《圣经·旧约·申命记》记载（34∶1—5），摩西一百二十岁时死在摩押地方的尼波山上。

民一起进入到应许之福地①。

在长久的攀登之后，在积雪与云雾中的长途跋涉之后，

他就像一个开始下山的人，右手紧紧地握住马的缰绳。

而他的女人们则骑着马和驴跟在他的后头，孩子们则跟作战武器以及帐篷器具一起装在驮鞍中，而刻有摩西十诫的法版则在最后面，

他听到背后的迷雾中传来行进着的全体人民的声音。

眼下他看到太阳就升起在他膝盖的高度，像是棉花中玫瑰色的一点，

雾气慢慢地变得稀薄，而突然

整个的应许之地展现在他眼前的一片灿烂辉煌的光芒中，就如一个鲜活崭新的处女，

一片碧绿从荡漾着清波的水流中脱出，像是一个刚刚出浴的女子！

人们看到从洞穴深处潮湿的空气中东一处西一处懒洋洋地升腾起大团大团白色的蒸气，

---

① 约书亚带领以色列人进入上帝应许的迦南福地的事迹，见《圣经·旧约》的《申命记》《约书亚记》等书。

就像一个个岛屿轻轻地松开船缆,就像一个个巨人肩负着沉重的羊皮袋!

对于他,脸上的表情既没有惊喜也没有好奇,他甚至都没有瞧一眼迦南福地,但他要迈出第一步走下去。

因为他要做的事根本就不是进入迦南地,而是实现您的意愿。

因此他率领着整个前进中的人民沐浴在了初升的朝阳中!

他根本就不需要您来看到西奈,在他的心中根本就没有丝毫迟疑和犹豫,

在您的嘱咐中并不存在的东西,对于他就如同空无。

在偶像中他根本就看不到美,在撒旦身上他根本就不抱任何兴趣,而并不在场的也就根本不存在于世。

怀着同样的卑贱他止住了太阳,

怀着同样的谦虚他衡量了送到他手上的这一切

(约旦河之外有九个半支派,而在河之内则有两个半支派[①]),

您答应给予的这片土地,

就让我在这一下午时分侵入您明白易懂的居所!

[①] 关于以色列人十二支派分别入住约旦河河西与河东的事情,可见《圣经·旧约·约书亚记》中的大量描写(如13:7—8),也可参见《民数记》《申命记》的有关章节。

因为对这诗人的智力不会有任何的赢得与享受与拥有与整治

这诗人会把多种事情一起变成随身的唯一一件事

既然理解，就是重做

已经随身获得的同一件事。

请您留下与我在一起吧，我的救主，因为傍晚临近，请别丢弃我！

别把我丢掉，丢给那些伏尔泰，那些勒南，那些米什莱，那些雨果，还有所有其他那些卑贱的人！[①]

他们的灵魂与死狗在一起，他们的书与粪肥联系在一起。

他们都已死去，甚至连他们的名字都在他们死后成了一种毒药和一种腐物。

因为您驱散了那些傲慢者，他们不能够聚集在一起，

也不能理解，而仅仅只是摧毁与消除，把事物收拢到一起。

就让我听到并看到所有这些事物与话语在一起

---

① 伏尔泰提倡自然神论和宗教宽容，与教会格格不入。勒南（1823—1892）本是宗教史学家，但一场信仰危机让他1845年背弃天主教。米什莱（1798—1874）是著名历史学家，曾抨击天主教，写有《人类的圣经》。雨果的基督教信仰从根本上说是人道主义的，他肯定基督教仁慈博爱的宗教精神，但对教会有些大不敬。

并且用它们自身的名字来招呼每一个,就用那构成名字的话语。

您看到这片土地,它就是您纯真的创造。快把它从不忠诚者,从不纯洁者,从亚摩利人①的桎梏下解救出来!它就是为了您而不是为了他而造出来的。

通过我的嘴,用它应该赋予您的这一赞美把它解救出来,就如同异教的心灵在洗礼之后萎靡不振,就让它从四面八方来接受权威与福音吧!

就像是水流从荒僻之地高高升起,又在一种雷鸣般的轰隆声里融化到被浇灌的田野,

就像当那个季节即将来临鸟儿叽叽喳喳地飞来,

四方的耕种者加紧维修水渠和河沟,加高加固堤坝,用犁铧和铁锹一块又一块地开挖田地,

就如同我从土地中汲取食粮,愿它也从我这里汲取营养,就如一个母亲从儿子身上,

愿干涸者用他嘴巴的所有开口敞饮祝福,如饮一种绯红色的水,

如同一片深远的牧场拉起所有的闸门痛痛快快地

---

① 亚摩利人(Amorrhéen)是闪米特人的一个民族,当年居住在如今的叙利亚和迦南一带,后迁移到美索不达米亚南部,曾于公元前1900年左右建立巴比伦王国。在《圣经》中,他们是迦南的后代,被形容为一群力量强大的人,占据着约旦河东西两岸的土地(见《圣经·旧约·创世记》10:16)。

渴饮，就像沙漠绿洲和小果园通过它们植物的根系，就像埃及女子通过她尼罗河的双重腰身！

对土地的祝福！水对水流的祝福！对耕作之地的祝福！对动物按照其不同种类的祝福！

对所有人的祝福！对善良者作品的增长与祝福！对恶意者作品的增长与祝福！

这不是晨经的诵唱，也不是太阳升起之际的《赞美我主》①，更不是炉火中孩子们的赞美诗！

但是在这一刻，男人停下来，认真察看他本人所做的事，他的作品与时日的作品交合在一起，

全体人民全都聚集在了他的心中，为了唱响《尊主颂》，在太阳下山测量大地的晚祷时刻，

在黑夜开始之前，而雨水，在黑夜中雨水还没开始久久下落到播了种的土地之前！

而我就像是一个神甫身披宽大的金色长袍，站立在香火正旺的祭台前，人们只能看到他的脸还有他的双手，它们有着人的肤色，

而他心平气和，怀着一颗充满了力量的心，面对面地瞧着

---

① 原文为"*Laudate*"。

他那在圣体显供台①上的主,清清楚楚地知道您就在那里,就在那无酵圣饼的变形底下。

过一会儿,他就将把您抱在怀中,就像马利亚把您抱在怀中,

而您,混合在参与祭拜的歌队集体中,在阳光和烟雾中,

你将向那来临的昏暗一代人,

显现出光芒,解释各民族的命运,还有您对以色列人民的拯救,

就按照您曾经有一次对大卫王给出的许诺,您记得您的仁慈,

按照您对我们的父辈说出的话语,对亚伯拉罕,对他所有世纪中的后代。但愿如此!

天津,1907 年。

---

① 圣体,原文为"montrance",疑为"monstrance"。"monstrance"是一种圣器,叫"圣体显供台",也叫做"圣体光座"。

颂歌四

美惠缪斯女神[*]

梗概[①]

诗意陶醉的入侵。诗人与缪斯的对话,这一缪斯渐渐变成了美惠女神。他试图排斥她,他请求她让他留下来履行他做人的职责义务,而作为心灵的代替,他将提供给她整个宇宙,他会通过智力和话语来重新创造这一宇宙。但是这一切归于无用,作为美惠女神的缪斯不断地靠向的,却是他本人!她让他回想起来的正是神圣的快乐,还有就是他个人神圣化的义务。——但是诗人捂住耳朵不听,并转身返回了大地。人类肉欲之爱的最高召唤。

依然!依然是大海在返回来寻找我就像一条船,
依然是大海随着朔望之潮汐转身朝我而来,它

---

[*] 本篇写于 1907 年 4 月到 7 月之间。
[①] 这里的"梗概"为 1913 年版本所补写。

从我的下水架①上抬起我摇晃我就像一艘轻盈的帆桨战船,

如同一条船仅仅只靠缆绳系住,疯狂地舞蹈,它拍击,它冲刷,它下沉,它仰头,它翻跟斗,鼻子冲着缆桩,

如同一匹高大的纯种马被人牵着鼻子,在骑马人的重量下前后颠簸,而背上的女武士则身体一抖偏向一侧,并猛地抓紧缰绳,放声大笑!

依然是黑夜在返回来寻找我,

就如大海在这一时刻静静地达到了它的盈满,它让人类之港湾通向汪洋,港湾中满是等待中的战船,随时准备驶离航道口②和防波堤!

依然是出发,依然是建立起来的交流,依然是启开的大门!

啊,我已经厌倦了我在众人中扮演的这个人物!眼下黑夜来临!依然是敞开的窗户!

我就像是趴在美丽的白色城堡窗口的年轻姑娘,在皎洁的月光下,

她心儿怦怦直跳,听到密林深处这一记幸福的鸟

---

① "下水架"的原文为"ber",指船坞中用来托住修造中的船体的架子。
② "航道口"的原文为"la porte",指的是允许船只驶离港口出海的专门通道。

叫,还有两匹躁动不安的马儿发出的声响,

她并不留恋房屋,她就像是一只蜷缩成一团的小小老虎,她的整个心都因对生命的爱,因伟大的喜剧力量而激动!

我的身外是黑夜,我的身内,夜神之力的飞梭,以及荣耀的酒浆,还有这负载满盈的心的疼痛!

如若制作琼浆的酿工不遭恶果便不能进入酒槽,您以为我竟可以尽情地挤榨话语的滚滚汁液,而不忍受醉意如烟雾从胸中逸出直冲脑袋!

啊,今晚上是属于我的!啊,这一伟大的夜是我的!夜的整个洞穴就如为年轻姑娘的第一次舞会而准备的灯火通明的大厅!

她才刚刚开始呢!改天将有的是时间好好睡觉!

啊,我醉了!啊,我被交给了神!我听到我心中的一个嗓音,而节奏在加快,那快乐的运动,

奥林匹克竞技队列的震动,温和的神圣行进!

现在所有这些人于我又能怎样!我又不是为他们而生的,我生来为的是

这一神圣节拍的传送!

哦被堵塞的小号的叫喊声!哦落在狂欢纵乐的酒桶上的沉闷打击!

它们中无论哪一个都于我有何要紧?这独一的节

奏！它们会来跟随我还是不会？它们听到了我还是没有听到我，又有什么要紧的？

瞧这伟大的诗歌翅膀的伸展！

您要跟我谈论音乐吗？那就让我仅仅只是穿上我的黄金凉鞋！

我并不需要他所必需的这整个用具。我并没有要求您闭上您的眼睛。

我使用的词语，

都是每日里的常用词语，它们根本就不是同样的一些！

在我的诗行中您将根本找不到任何韵脚，也看不到丝毫魔法。那就是您的句子本身。您的句子中，没有一个我是不会重新使用的！

那些花都是您的花，而您却说您根本就认不出它们来。

而那些脚都是您的脚，而眼下我正行进在大海上，我胜利地行走在大海的波浪上！

第一唱段 [①]

——哦缪斯，改天将有的是时间好好睡觉！但

[①] 唱段：原文为"strophe"，指希腊悲剧中合唱曲三段中的第一段。

是，既然这整整一个伟大的夜晚是属于我们的，

而我又稍稍带来些醉意，以至于另外一个词不时地

会来替代那个真正的词，就如你爱的方式，

那就让我跟你有所解释，

那就让我把你排斥到这一唱段中，不等你来得及转向我，就像一波海浪发出一次猛兽般的吼叫！

稍稍离我远一点！就让我做我心里头有点儿愿意做的事吧！

因为，无论我做什么，哪怕我是尽我最大能力去做了，

我也很快就会看到一只眼睛静静地抬起紧紧地盯住我就如同朝向某个作假的人。

就让我成为必需！就让我结结实实地填满一个位置，得到承认并获取赞同，

就如一个铁路建造者，人们知道他可不是无用之人，就如一个工会的创建者！

就让一个下巴上点缀有一小片黄颜色絮团的年轻人

让他去写他的诗行吧，人们只会微笑。

我期待着年龄会让我摆脱酒神那疯狂的狂欢精神。

但是，我非但不会去宰祭公羊，而且在这传向了更深地层的笑声中

我还必须发现我不再成为它的一部分。

至少就让我把这张纸变成我愿意看到的样子，用一种勤奋的艺术来写满它，

我的使命，恰如那些负有一种使命的人。

由此，埃及的誊写人用他细腻的笔尖清点着一个个部落，一堆堆战利品，一队队被捆缚的俘虏，

还有人们带往平凡石磨的一斗斗小麦，停在海关关口的一艘艘船。

由此，古老的雕刻家，满脑袋蓬乱的头发因沾染了石灰而发红用大锤和凿子抓住黑色玄武岩的界石

时不时地，朝他那些镌刻上去的如钉如楔互相交织一体的字吹上一口气，为的是吹走灰尘，然后后退一步，满意地端详。

我真想创作一首伟大的诗，比宁静地照耀着收获季节庄稼地的月亮还更皎洁明亮，

并描绘出一条胜利的大道，穿越大地，

而不是如我所能地奔跑，手抚着这匹带翼飞马的脊梁，让它带着我，在它那半飞翔半跳跃的奔跑中！

就让我高唱人类的作品吧，每个人都能在我的诗行中找到他们熟悉的那些东西，

就像从高高的地方，人们很高兴地认出了他们的房屋，还有车站，还有市政厅，还有那个戴着草帽的好人儿，但是，自身周围的空间是多么广袤！

因为，作家又有什么用场，假如不是要坚守诺言承认欠账？

无论是他自己的账，还是一家鞋店的，或是全人类的。

你不要愤慨！哦黑色的皮提亚①的姐妹，她正按照女祭司的方式紧咬住牙关咀嚼研磨月桂的叶片，一长条绿茵茵的口涎正从她的嘴角缓缓流下！

不要用你眼睛的这道射光伤害我！

哦女巨人！你不要带着这种崇高自由的神态站立起来！

哦荒漠上空的风！哦我心爱的女人恰如法老的四马两轮战车！

就如古老的诗人替那些被剥夺了出场的神明开口说话，

而我，我要说，大自然中没有什么不是刻意对人做下的，

---

① 皮提亚（Pythie），古希腊德尔斐阿波罗神庙中传达太阳神阿波罗神谕的女祭司，被认为能预见未来。

这就像光明对于眼睛，声响对于耳朵，如此，也像任何一事对于智力的分析，

继续运用这智力

发掘其中的因子，重新作出分析

无论是把元素挖出来的镐头，还是地质勘探者的洗矿筛①，还有加汞的杂烩合金②，

或是羽笔在手的学者，或是织机上的毛衣，抑或是犁铧。

而我能够说话，持续地与任何哑默的事物同在，

带着就在其智力与意志位子上的话语。

我将唱响摆脱了偶遇的人那伟大的诗篇！

人们围绕着词语所做的那一切，用那打开了古老帝国大门的大炮，

用那沿着阿鲁维米河③溯流而上的可拆卸的小船，用那从事磁场观察的极地考察队，

用那熔炼矿石的一组组高炉，用那气喘吁吁疯狂起舞的狂热城市（东一处西一处的，一个蓝色的小河湾出现在辉煌的乡野），

---

① "洗矿筛"的原文为"pan"。
② "杂烩合金"的原文为"amalgame"，是采矿业中的一种方法，用加了汞的合金，来提炼出纯度更高的金或银。
③ 阿鲁维米河（Aruwhimi）在非洲，是刚果河的支流，位于刚果的北部和东部，全长约1300公里。

用那内侧边沿镶嵌了种种撬棒与斜杠的港湾码头,而远洋轮船则在远处的迷雾中发出信号,

用那已经连接上一列列车厢的火车头,而运河充满了水,只等总工程师的女儿手指尖轻轻一动遥控机关①,就让双重的堤坝炸它个飞上天,

这一切,我将用一首诗来做成,它再也不是尤利西斯在莱斯特律戈涅斯人②和基克洛普斯人③中间的历险,而是对大地的认识,

人的伟大诗篇,最终超越了次等事业并与永恒之力取得了和解,

伟大的胜利道路,穿越了取得和解的大地,好让摆脱了偶遇的人从那里向前走去!

第一反唱段④

——所有您那些机器所有您那些奴隶作品于我又有什么要紧,还有您的书,还有您的写作?

哦真的是大地的儿子!哦长着大脚丫的矮胖子!哦真的生来就是为犁铧,从田垄中拔出每一脚!

---

① "遥控机关"的原文为"coup-de-poing",应该是一种遥控的点火装置。
② 莱斯特律戈涅斯人(Lestrygons)在希腊神话中是一个吃人的野蛮巨人的部落。
③ 基克洛普斯人(Cyclopes)是希腊罗马神话中的独眼巨人。
④ 反唱段:原文为"antistrophe",指希腊悲剧中合唱曲三段中的第二段。

这一位专门就是要用来成为学问大家的,用大字抄写细小的字迹与探险。

哦一个仙女的命运,被拴在这个大傻瓜身上的不朽仙女!

要创造一个活生生的男人,人们用的绝不是车床和剪刀,而是一个女人,要创造一种活生生的话语,也绝不能用墨水与羽笔!

对于女人你算的是哪样的一笔账?没有了她们一切就会变得太容易。而我,我是一个女人中的女人!

我接近不了理性,你将绝不会,你将绝不会把我变成你希望的样子,但是我边歌边舞①!

我不愿意你爱上除我之外的任何一个女人,愿你只爱我一个,因为没有女人能像我一样漂亮,

对于我,你将永远不会变老,在我眼中你将总是更年轻更美丽,直到你我一起走向永恒!

哦傻子,与其细心推理,还不如好好利用这一黄金时刻!微笑吧!理解吧,花岗岩脑瓜的人!哦驴子的脸,好好学一学伟大的神圣之笑!

因为我根本不是永远在此的,而是那般脆弱地用

---

① 克洛岱尔当时写的几出戏剧中的女主人公(《城市》第一稿中的塔利亚,借用缪斯女神中司管喜剧的那一位的名字,第二稿中的拉腊,以及《金头》中的公主)都曾在舞台上跳舞。

我的两只脚在这大地之土上摸索,

就像一个人被推开沉入水底,就像一只寻求停下的鸟儿,两扇翅膀半拢半开,就像灯芯上的一苗火焰!

你瞧我,这短暂的瞬间里就在你面前,你心爱的女人,带着这副摧毁死亡的面容!

那个仅仅只喝了满满一碗新酒的人,他不再认得债权人和业主;

他不再是一片贫瘠土地的丈夫,不再是一个在家带着四个女儿的爱吵嘴的女人的佃农;

瞧他赤裸裸地一跃而起像一个神来到戏台上,戴着葡萄的头饰,黏糊糊的一片紫色,恰如藤蔓上甘甜的乳房,

就像一个神侧身于祭台旁,挥舞起一口小猪的满带了酒液的皮,它正是彭透斯王[①]的脑袋,

与此同时,少男少女的歌队一边等待着出场展现清新的歌喉,一边瞧着他,品味咸味的橄榄!

此乃这一大地饮料的美德:渐渐地醉酒,充满了

[①] 彭透斯(Penthée),希腊神话中厄喀翁和阿高厄的儿子,继卡德摩斯后成为忒拜王。在一次酒神节活动中,成了巴克科斯狂热女信徒的阿高厄在疯狂中认他是凶狠的野狮,把他杀死,与众女祭司瓜分他的皮肉。克洛岱尔诗歌作品的好几个版本,这里都作"Panthée",不通。现根据伽利玛出版社的"七星丛书"版改过来。

快乐，看到了重影，

万物既像是它们的样子，又不像是它们的样子，人们开始不明白他所说的话。

真相将不如谎言那么有力吗？

你只需闭上眼睛，呼吸那冰凉的生命！去你的，哦大地上小气吝啬的日子！哦婚礼！哦精神的前提！请喝一下这只不过还没发酵的葡萄酒！

向前走吧，看看这永恒的早晨，朝阳下的大地与海洋，就像某个人出现在天主的宝座前！

就像婴儿朱庇特在迪克第的岩洞口初见天日[①]，眼眯目眩，

世界围绕在你周围，不再像一个屈从的奴隶，而是像个合法的继承人，正统的子嗣！

因为绝不是你生而为他，而是他生而为你！

就这样做了！为什么要变得更僵更硬，抵抗住

你显而易见的快乐，抵抗住这猛烈的天国气息？必须让步！

胜利地往地上跺一跺脚，因为，它什么都不连接，

---

① 迪克第（Dicté）为希腊一地。据希腊神话的一种说法，大神宙斯（也即罗马神话中的朱庇特）就诞生在这座山的一个岩洞前，因为他的母亲瑞亚怕自己的丈夫克洛诺斯吞食她的孩子，分娩前就躲到了这座山上。

他再也不是大地的主人，他双脚踏在大地上，就如某个正在跳舞的人！

因而，笑吧，我愿如此，看到了你，

笑吧，不朽的人！看到你就在这些终有一死的事物中！

说笑吧，瞧一瞧你看得那么重的一切！因为它们假装就在那里，而它们已经过去。

它们假装已经过去，而它们一刻不停地始终在那里！

而你，你永远都跟天主在一起！

要想改变世界，你根本就不需要镐头和斧子，也不需要瓦刀和利剑，

你只需要瞧一瞧它就够了，用既能看又能听的精神的这两只眼睛[①]。

第二唱段

——不，你将不会让我退得再后了。话语啊，话语，

话语啊，女人的话语！话语啊，女神的话语！女引诱者的话语！

[①] 诗人克洛岱尔写有文集《眼在听》(罗新璋先生译为《以目代耳》)。

为什么引诱我?为什么把我拉向我无法飞往的地方?为什么

显示我所看不见的那一切?

还要对这大地之子说到自由!

我有一个还没有履行的义务!一个面向一切事的义务,没有一件事

是我不得不做的,因此就让我

好好在意我无法拥有的这一切!

一个女人是没有什么义务的。

让我们一起笑吧,因为这是好的!哦温柔,这时刻至少还是好的。哦在我心中的女人!

我好不容易成了一个男人,习惯于这些并非无来由的事物,

而为了拥有它们,就必须拿下,学会,领会①。

啊,尽管我的心会破碎,不!

我根本就不愿意!快从我这里稍稍走开!不要那么残忍地引诱我!

千万不要向我显示

这一并不为大地之子而生的光明!

---

① 这里的"拿下,学会,领会",法语分别为"prendre""apprendre""comprendre",词根同源。

这一光明是给我的，它是那么微弱，必须等到夜晚才能发出光来，就像驾驶舱的灯！

在这之外是黑暗，是根本就没接到福音的一片混沌。

救主啊，还要多少时间？

多少时间在这黑暗中？您看到我几乎已经被吞噬！黑暗已成我的居所。

智力的黑暗！声音的黑暗！

被剥夺天主的黑暗！像豹子一样向您扑来的主动的黑暗，

而伊丝塔①的气息就在我的脏腑深处，死亡之母的手就在我的肌肤上！我这糟糕的心的黑暗！

但我的义务不是走掉，也不是在别处，也不是松开我已把握的任何事物，

也不是战胜，而是抵抗，

那不是战胜，而是抵抗，在我占据的位子上稳住！

那不是战胜，而是不被战胜。

---

① 伊丝塔（Istar），古腓尼基人的女神，是月亮与爱情女神。又有研究者认为，"Istar"是"Ishtar"的另一种写法。Ishtar又译伊什塔尔、伊西塔，是美索不达米亚人所崇奉的女神，亦即苏美尔人的女神伊南娜和闪米特人的女神阿斯塔蒂。伊丝塔原本就是一个双面女神，既是丰饶与爱情之神，同时也是战争女神。

哦救主啊,还要多少时间?这孤独的守夜,忍受您并未做下的这些黑暗?

您绝没有嘱咐我要战胜,而是要我不被战胜。您没有把一柄利剑塞到我手里。

您没有把一记响亮的喊叫塞进我嘴里,就像阿喀琉斯浑身赤裸地出现在深沟的背面,

根本不是吞噬母牛的狮子那血盆大口的一吼,

而是一记人类的叫喊声!

而侵略者一下子颤抖着停下了脚步,因为他听到女人在花蕊中的心,还有在深深渗透中的众神

震响在海洋之子的嗓音中!

但您把我放在了大地之中,好让我忍受困惑与狭窄与黑暗,

还有压在我身上的这另一些石头的暴力,

而我永远占据着我的位子,就像一块凿成的石头有自己的形状与重量。

请您一定不要允许我

躲避您的意愿,躲避作为您的意愿的大地!

石头在另一块石头底下,而我的作品在您的作品之中,我的心在您的心中,这颗充满了各个城邦的心的激情!

那么,万不要允许这个女人来诱惑我,让这女人

的激情来诱惑我好好的一个年轻男子,

万不要用一首歌,万不要用她容貌的美,

(我去哪里追随她呢,走不了四步就已经不见了她的踪影?),

但是假如可怜的野兽本身以人们叫唤它的名字来回答,

对我的精神有多少强的传染力

它却不会采摘最终现实的话语,还有女性的气息以及辨认不清的亲吻,

还有被不可言喻地凝望的纯真感觉,

而我的艺术为的只是用字母与词语来做它的一个可怜兮兮的影子?

第二反唱段

——哦沉重的同行!不!我将绝不会松开你,绝不会给你一丝一毫的喘息。

假如你不愿从我这里学到快乐,那你就将从我这里学到痛苦。

我将绝不会让你步其他一些老好人的后尘,

直到你猜透我想说的这一切,而这一个不是那么容易听到的

它既没有嗓音又没有嘴,眼中没有目光,也没有

人们能抬起的手指头。

然而我将对你更为苛刻和残忍,而不是仅仅只口授字词和标点,

直到你学会我想要的节拍,对此,仅仅数一数一二一二根本归于无用,你将学会它,哪怕是带着呃逆和垂危!

就像你的叔叔,那个胖子猎手,当他被他的脑溢血击倒,人们能听到他在村子的另一端大声地喘粗气。

我想要你轮转过来成为我的主人,起来!行走在我的面前,我想要那样,

好让我能瞧着并笑着,而且我,女神啊,我要模仿你那残疾的前行!

我根本就没有允许过你像其他人一样用一只平平的脚行走,

因为你实在太沉重了无法飞翔

而且你踏在大地上的脚也受伤了。

跟我在一起决不得歇息,无论在快乐中还是在痛苦中!

关于基础你都说了些什么?单独一块石头绝不是一个基础,而火焰倒是一个基础,

彼此不等的双重语言那跳跃和跛行的火焰,那抖

动腾跃①和噼啪作响的火焰!

第三唱段

——哦划分!哦保留!哦灵感的启迪!哦我自身的保留部分!哦我自身的先前部分!

哦在我之前的我自身的想法!

哦我自身的那部分,你在任何地方都是陌生的异乡人,而它永远都跟我相似

并在某些夜晚触及

我的心(就像是朋友,是一只在我手中的手),

比那两个星星情人还更不幸他们每年只有一次隔着无法跨越的银河

彼此隔岸见面②。

瞧瞧我,遍体鳞伤,滑稽可笑,窒息在这些无法呼吸的男人当中,哦你这幸福的女人,请讲一句天国的话语吧!

仅仅说一句人间的话语吧!

———

① "抖动腾跃"的原文为"biquante",此词在一般词典中并不存在。
② 这里影射了中国民间的牛郎织女传说。诗人后来创作的剧本《缎子鞋》也在很大程度上受到牛郎织女传说的影响,尽管剧情主要情节本身套用的是一个西班牙的爱情故事。对此,诗人克洛岱尔本人在一次讲话中毫不讳言地承认:"《缎子鞋》的主题是那个有关两颗情人星的中国传说,他们在银河两边不得相遇,一年只见一次面。"而在克洛岱尔后来的《仿中国诗补》中,也有《情人星》一诗。

我的名字只是在大地的成熟之中,在新婚之夜的这颗太阳之中,

你向我传达的不是那样一种无声的可怕词语

像是一个十字架好让我的精神紧紧依附在那上面!

哦话语的激情!哦隐退!哦可怕的孤独!哦跟所有人的分离!

哦我自身以及一切的死亡,为之我必须容忍创造!

哦姐妹!哦引路者!哦无情的人!还要多少时间?

当我还是个小小的孩子时,你本身就已经在了。

而现在始终如一,我总是唯一的奇数的男人,忧心忡忡,劳作在身。

那位在恰当的年龄买了一个女人的男人,渐渐地积蓄了一些闲钱,

他跟她一起就像一个封闭的圆圈,就像一个牢不可破的城,就像原则与终结的完美无缺的联盟,

而他们的孩子在他们俩之间则像正在成熟的幼嫩谷粒。

但是你,我对你没有任何权利,谁又能知道你究竟什么时候来?

谁又能知道你会问我要什么，前所未有地更是一个女人。

你在我耳畔喃喃低语。你问我要的是完全的整个世界！

假如我不是完全地跟我周围的世界在一起那我就不是完全的整个人。你问我要的则是完全的整个我！你问我要的是完全的整个世界！

当我听到你的召唤时，对我的一致性而言没有一个生命，没有一个人，

没有一个嗓音是必然的，

但我自身的必然性又是什么？对谁

我又是必要的，除了对你本人，你这个不说你到底想要什么的人？

所有人的社会又在哪里？所有人之间的必然性又在哪里？所有人的城又在哪里？

当我理解了所有的生命，

它们中没有任何一个是一种自在的目的，也没有

办法让它成为那样　　　必须如此。

然而当你召唤我的时候，必须回答的并不仅仅是我，还有围绕在我周围的所有生命，

整整的一首诗就像单单的一个词，恰如一个小小的内城在它那如嘴巴一样圆的围墙之中。

就如同往昔的大祭司官完成了牛、猪和绵羊的牺牲献祭

而我，我必须引导的则是整个世界，用话语的百牲大祭一直走向它的终结！

我只是在你那我根本看不到的心中才找到我的必要性，你那我根本看不到的心中的所有东西于我皆是非常必要，

它们并不为我而生，它们的秩序并不跟我在一起，但是却跟创造出了它们的话语在一起。

你想要这个！最终必须给予我！而为了这个就必须重新找到我

在一切之中，潜伏在所有的事物中我就是符号就是片段就是牺牲。

你对我有什么苛求？难道我必须创造出世界来为的是能理解它吗？难道我必须孕育出一个世界，并让它从我的脏腑中钻出来吗？

哦我自身在痛苦中的作品！哦我要再现给你的这一世界的作品！

如同在一根印刷辊上人们透过连续的好几层看到

显现出仍还没有存在的画面的零星部分，

而就如一座大山在几个相反的池塘之间分配它那自发的水流，

就这样我工作着，却不知道自己干的究竟是什么，就这样精神带着一种致命的痉挛

把话语从心中掷出如同一股源泉，而根本就不知道还有什么别的除了它的压力以及天空的分量。

第三反唱段

——你把我叫做缪斯，而我的另一个名字叫美惠，带给被惩罚之人的恩惠，而通过它，法律与正义则被扔到脚下，

而假如你寻找理由，那根本就没有一个

除了存在于你我之间的这一爱。

根本就不是你选中了我，而是我选中了你，远在你诞生之前。

在所有活着的生命中，我是只向你一个人转达美惠的话语。

为什么我主会不像你那样自由呢？你的自由就是他的自由的形象，

瞧我现在就已经来与你相遇了，就像仁慈一旦将公正刺激起来后就前来拥抱它。

绝不要指望让我受骗上当。绝不要尝试给我一个世界来替代你，

因为我要求得到的就是你本身。

哦人们的拯救者！形象与城邦的聚集者！

解救你自己吧！世上所有人的聚集者，聚集起你自己吧！

愿你成为一个唯一的精神！愿你成为一个唯一的意愿！

根本就不是水槽和镘刀在汇集和建造，

而是纯粹的火把众多的事物融为一体。

你要了解我的嫉妒，它可比死亡还更可怕！

是死亡在召唤一切事物走向生命。

就如话语把所有的事物从虚无中拉出，好让它们死去，

正因如此你才诞生于世为的是让你能死在我的心中。

就像太阳召唤着所有可见的事物诞生，

精神的太阳也如此，如同一记霹雳的精神也如此

召唤着所有的事物诞生，就这样它们一下子全都展现在了它面前。

但是在四月的葳蕤还有夏日的超级葳蕤之后，

如今是八月的作品，如今是正午的灭绝，

如今是天主的印被揭开前来用火审判大地[1]！

---

[1] 这里影射在上帝的最后审判之前关于揭开七个封印翻开书卷的有关描述，参见《圣经·新约·启示录》中第5和第6章。

如今从被毁的天与地他只是在火焰中为自己做了唯一的一个巢,

夏蝉那不知疲倦的嘶鸣震耳欲聋充满了大火炉!

由此精神的太阳就像是在我主的太阳中的一只蝉。

终唱段

——你走吧!我绝望地转向大地!

你走吧!你决然夺不走我对大地的这一冰冷趣味,

这种依赖大地的固执,存在于我的骨髓中,在我肌体的卵石中,在我脏腑那黑色的核心中!

没有用!你根本不能消耗我!

没有用!你越是用这在场的火召唤我,我就越是朝着这坚实的大地往下拉,

就像一棵大树用它八十二条根系的拥抱与螺旋前去寻找岩石与凝灰岩!

它紧紧咬住土地,它在牙齿缝里留住了泥土的滋味。

它品尝了鲜血,它将不再给自己喂闪亮的水和热情的蜜!

它爱上了人类的灵魂,一旦它跟另一个活生生的

灵魂构成紧密的结合，它就永远永远地被捕获了。

它自身的某种东西从此就来到了它之外依靠另一个躯体的面包来滋养。

谁在叫喊？我在深深的黑夜中听到了一声叫喊！

我听到我古老的姐妹又一次从黑暗中钻出来走向我，

黑夜妻子又一次返回一言不发地走向我，

又一次走向我，带着她的心，就像人们在黑暗中分享的一顿饭菜，

她的心像是一块痛苦的面包，像是一个充满眼泪的花盆。

又一次从忒拿罗海角①，又一次从这低矮运河的另一边走来，而甚至

连一颗铅质星星的光轮，还有赫卡忒②的悲哀号角都没有把它照亮！

天津，1907 年。

---

① 忒拿罗海角（Ténare），又叫马塔潘海角，是希腊伯罗奔尼撒的一处海角。
② 赫卡忒（Hécate），为希腊神话中前奥林波斯的一个重要的巨人女神，她是机遇的三相女神，是魔法、鬼魂与下界女神，据神谱，她是流星女神阿斯忒瑞亚与巨人神珀耳塞斯所生的女儿。

颂歌五

封闭的屋子*

梗概①

人们指责诗人写作技艺中的封闭特点,以及他对周围人的漠不关心。——诗人的妻子回答说:我知道隔离对他是必要的;该是时候让他的整个生活转向内心了;而正是通过我他才有了这一内心。——诗人则回答说:我的仁慈全在于保持对我义务的有用和忠诚。我的第一位义务就是天主,以及他赋予我来履行的这一使命,那就是把一切都集中到他身上。封闭的屋子的冥思,在这屋子中,一切都转向了内心,在这屋子中,任何一个事物都依照天主的命令转向了其他。我的仁慈可比整个宇宙;它是天主教的,它拥抱了世间万物,而世间万物于它都是必要的。要想能够包含,诗人本人就必须封闭起来,学着由天主创造出来的宇宙的样子,永不枯竭却有终结。要学会像我

---

* 本篇写于1907到1908年,完成于1908年4月,收入到集子之前没有单独发表过。
① "梗概"是在1913年出版时补写的。

一样封闭起来。光明就在内心中,而黑暗则在外面。对以往那座封闭的教堂的回忆,诗人就在那里找到了天主。心灵得到了四大枢德①的封闭和守护。向新的世纪致敬,我的义务就是转向它,我们并不居住在一个偏僻而又陌生的荒漠,而是在一个封闭的帐篷中,里面的一切都对我们充满了博爱。向死者们致意,我们并没有跟他们分离,他们没有停止过成为我们的邻人。

诗人,你背叛了我们!代言人,你把我们委托给你的这一话语带到了哪里②?

瞧你如今转向了敌人!瞧你如今变得如同大自然,你那围绕着我们的言语跟山岭一样被剥夺了对我们的关注。

我们要求你以你的精神来结束在这里很不完整的这些事情。

必须要的没能来到。无论是快乐还是痛苦,没有人能一直走到头。

---

① 柏拉图在《理想国》中提出的四大基本的美德是"谨慎、正直、勇敢、克制"。而基督教的四枢德也是在与此类似的基础上提出来的,除了"智、义、勇、节"(即"谨慎、正直、勇力、克制"),又加上了"信、望、爱"三超德,一共七大美德。
② 这里有文字游戏:"代言人"的法语原文为"porte-parole",跟后面的"你把这一话语带到了哪里"(原文为 où portes-tu cette parole)相呼应。

你，给我们讲述故事吧，让舞台在完美喜剧的尽情展开之下颤抖吧！

难道你背叛了我们的事业？至少话语还是我们的吧？而你，难道我们就是为了这个才支付你的学费，

好让你能在你的古文字中扩展那么多我们并不懂得的东西？

你来辩护吧，你这掌握着我们文件的人！难道你就是满足者中的一员？难道人的命运是好的？在你的位置上，谁又将能穿上无袖长袍？谁将承当得起我们的诅咒？

但人们对我们说，你发福了结婚了，并且尽可能远地从大地上远离了你的人民，心中毫无牵挂，

你就像一个男爵大人孤独地生活在四面厚墙中你那方方正正的大屋子里。

在那里被耀眼的白色纸张跟一切相隔绝，亮白得就如围绕在爱丽舍岛①周围的天国琼浆，

你汇聚了你那不可分割的众缪斯的手在纯粹话语的这一节日中，这话语诞生于精神，任何人类的嘴巴都无法说出它！

---

① 在希腊神话中，爱丽舍（l'Élysée，又称爱丽舍田园［champs Élysées］，与"香榭丽舍"为同一个词），是一个虚无缥缈的地方，英雄和有道德的人死后，灵魂会在那里歇息。

那是一个人的还是某个野兽的言语？因为跟你，我们已经不再能认出我们曾为你带来的这些东西。

但是你返回来了，把一切全都混杂在了你交错诗行的拍岸激浪中，你重又拿起，重又返回，把一切都胜利地随身带走，让快乐与痛苦互相杂糅，走向隐退与回归，还有你那笑容的艰难上升！

——诗人的守护女神回答说：天主委派我来为他当守护神，

为的是让他能够把每个人应得的都还给他们，

男人给男人，而以他所握有的属女人的那一切给女人，

唯独以他从天主一人那里接受的一切给天主，那不是别的，只是祈祷与话语的一种精神。

对一个僧侣而言的隐居，便是对他而言的行圣事，让我们俩成为一个唯一的肉体。

我们屋子的房梁不是雪松木，我们卧室的细木壁板不是扁柏木，

但是请你品尝一下得到过祝福的房屋的阴影吧，我的丈夫，在这为我们抵挡了寒冷与烈风的四壁厚墙之间。

你的兴趣再也不在外面，而是在你自身中，那里

本无一物，

听吧，如同一种忍受着分割的生命，我们三重心的跳动。

瞧你如今不再自由，你已经把你的生活告知了其他人，

而你屈从于必然性就像服从一个不可分割的

神，没有了它，人们便无法活。

快说吧，在你心中是不是有并不属于你一个人的另一种思想？

瞧如今你不再被偶遇所抛弃，你被造就在众人之间，你不再从属于其他人，

而你也不必再在外边寻求你的义务，而只须随身带着你的必然性，

不再只是你胳膊的，也不只是你精神的，而是包括你心灵的必然性都给我的心灵。

唯有那一个才是必需的，而你对它也是必需的。我们周围那些模糊隐约的人究竟对你做了什么？

你到底要从他们那里接受什么？他又有什么可给的，既然他还在提出要求？

年岁来了，你已经游荡了足够长时间，就让我们跟智慧女神待在一起吧。

她会如何跟那些老男孩共处呢，他们那里可没有

任何东西是封闭的?

他们的心转向外边,但我们的心向着内中转向天主,

他的意愿送到我们心中像是一个小婴儿,就让我们跟话语一起居住吧。

你给出了你的话语。那就坚守住它吧,好让它来守护住你,千万不要拿它来做买卖,就像把旧衣服卖给迦南人① 那样。

——而诗人回答说:我不是一个诗人,

我根本就不担心是会让你们笑还是会让你们哭,也不担心你们是喜欢还是不喜欢我的话语,但是,来自你们的任何赞扬或者贬损都不会动摇我的羞耻心。

我知道我在这里跟天主在一起,而每天早上我睁开双眼都在天国中。

以往我认识了激情但现在我拥有的只是对耐心和渴望的激情

渴望认识永恒不变的天主并通过专注而获得真理以及存在于世的每一事物,所有其他的则通过它们在

---

① 参见《圣经·旧约·箴言》(31:24):"她编织细麻布的衣服和腰带,卖给商家。"

我头脑中可以辨读清楚的名字而重新创造出来。

谁若闹出很大的动静来就会让人听见，但是思想中的精神却没有旁证。

很大的喧哗其实并没有用，前进在几何学中的人的精神可以媲美于一条油之河那无声无息的推进。

我并不需要拿您做什么，应该由您来找到您跟我在一起的目的，

如同石磨加工橄榄油，也如同化学家善于用最粗糙的树根来提取生物碱。

哦假期第一天早上醒来的孩子的那个快乐劲，当他听到隔壁房间的兄弟和表兄弟在叫唤他，

还有情人发出的呻吟，当他经过长时间的搏斗终于把心爱者那野兽一般的肉体紧紧抱在怀里，

在那睁开了双眼的精神的神圣能量前面，他们都成了什么？

在重新开始新的一天时，发现一切都在早先的位置上，就在认识的巨大作坊中，

在此时看得见的智力这样一颗巨大的工人太阳面前的宇宙，还有用一颗星星足以照亮的所有天空的建筑中？

对我来说，您的人类荣耀还有这棵恰当的月桂树

又是什么，而您就用这月桂的叶冠紧紧地绕住征服者和帝王凯撒，那些大地的汇集者的太阳穴？

我的渴望就是做天主之大地的一个拢集人！就像克利斯朵夫·哥伦布扬帆起航，

他的想法并不是发现一块新的大地，

而是在他这颗充满了睿智的心中能有一种对界限，对圆球的激情，那是经过精密计算的永恒地平线的圆弧。

天主之言就是如此一种言语，天主自己都可以在其中做出来给予那个人。

创造出的话语就是这样一种话语，所有的造物都可以在其中做出来并给予那个人。

哦我的主，您作出了所有能给予的事，就请您给我一种能与您的仁慈相当的渴望！

好让我也给出我心中的曾给予了我自己的这一切，好让那些人能接受到它。

哦围绕着我所有部分的那一点，不可分割的终端就在那里得到了调节！不可撕裂的宇宙！哦永不枯竭的封闭的世界！

那是圣彼得所见的幻象，当天使在一块布料中为他显现所有创造出的果子与动物，好让他能尽情地享用①。

而我也一样，大自然的所有景象都给予了我，完全不像是人们捕猎的野兽，还有要吞吃的肉食，

而是要让我把它们聚集在我的精神中，享用它们的每一个为了弄明白所有其他的，

用一个活的生命物远胜于用彼此融合在一起的黄铜与玻璃。

（恰如化学家毫不怀疑地在他白木桌子上尝试他看到在彗星上做成功的同样玩意。）

哦我那确凿无疑与广大无垠的领域！哦在我懂行的双手之间的亲爱宇宙！哦不允许有任何删减或增加的多么值得考量的完全数②！

哦天主，除了通过一个至善至美的您的形象，没有任何东西能存在！

难道您的造物中就没有一个能够摆脱您吗？可是您通过种种严厉的规则牢牢地掌控了它们，严厉得如同一颗悔罪之心的戒律，一种苦行僧的规矩。

而您知道我们头发的数量，您难道还会不知道您

---

① 天使让彼得见异象的故事参见《圣经·新约·使徒行传》的第10章（9—15）。
② 所谓"完全数"（nombre parfait）是一个数学名词。它所有的真因子（即除了自身以外的约数）的和，恰好等于它本身。如6（6=1+2+3），28（28=1+2+4+7+14），496（496=1+2+4+8+16+31+62+124+248）等。

的星星的数量吗?

整个的空间都充满了您几何学的基数,他则忙于做一种引人注目的计算,恰如启示录中的推算。

您把每一个里程碑式的星辰都放在它的点上,恰如黄金的灯盏看守着您在耶路撒冷的坟墓。

而我,我看到所有您那些守夜的星辰,就像灯里永远都不缺油的十个聪明的童女①。

现在我可以说,比那老卢克莱修还更强:您已经不再在了,哦恐怖的夜!

或者不如说就像您的圣先知:而夜晚是我在我快乐中的狂喜!

你来享受吧,我的心灵,在这安布罗斯式的诗行中②!

我一点儿都不怕你们,哦伟大的天国造物!我知道对你们而言我才是必要的人,我把自己当做一个领航员在你们互相交叉的灯火中辨明方向,

我在你们的眼前笑就如亚当笑那些熟悉的动物。

---

① 十童女的故事见《圣经·新约·马太福音》第25章(1—13):"天国好比十个童女拿着灯出去迎接新郎。五个是愚拙的,五个是聪明的。愚拙的拿着灯却不预备油;聪明的拿着灯,又预备了油[……]。"

② 圣安布罗斯(saint Ambroise,约339—397)为基督教教会的四大圣师之一,曾任米兰的主教。他熟读当时的希腊著作,在传教时广泛使用这方面的知识。他还用东方地区的音乐曲调来谱写圣诗。

你，我那温柔的小星星就在我的手指头之间就像一只番荔枝果！

没有一个物品对其他事物是真正必要的。

你们全都在我的占据之中，就像一个银行家在他巴黎的办公室里用书写创造金钱，就用塞内冈比亚①的橡胶，

还有一铁锹南极矿石和帕摩图群岛②的珍珠，还有来自蒙古的大堆羊绒！

我的天主，您曾引导我来到世界的这一尽头，在那里，土地只是一点点沙土，而您所创造的天从来就躲不开我的眼睛，

千万不要允许在我根本就听不懂其语言的这一野蛮民族中

让我丢失对我兄弟们的记忆，他们全都是男人，就像我的女人和我的孩子一样。

假如宇航员，怀揣着一颗激烈跳动着的心，在赤道上度过一个个黑夜，

带着同样迫切的好奇心端详火星的脸，恰如一个

---

① 塞内冈比亚（Sénégambie）是非洲的一个地区，在历史上指紧靠塞内加尔河和冈比亚河流域的一片区域。
② 帕摩图群岛（Pomotou），是南太平洋上的一处群岛。

轻佻的女子打量镜子里的倩影,

那么,比起最著名的星星来,您按照您的形象创造出的最卑微的孩子

对于我,不是更应该看重多少倍吗?

仁慈并不是一种让人觉得有些多余的可有可无的礼物,它是一种激情如同科学,

它是一种发现如同您的面容在这颗您创造出的心中的科学。

假如所有你那些星星于我都是必要的,那么,所有我那些兄弟比它们又要强过多少去?

您并没有给我贫穷者要喂养,也没有给我疾病者要护理,

也没有面包要掰碎,但是有话语要接受,比面包和水还更彻底,还有消融在心灵中的心灵。

就让我用我心中最好的物质来生产出它来,就如一份收获从凡有泥土的地方到处长出(就连道路的中央都会长出麦穗来),

就如大树在一种神圣的无知中长成,连它自己都不期待自己的果实中有什么荣耀或是种子,但它给出它所能给的。

而无论是人来把它剥出来,还是天上的鸟儿,那都是好的。

每一个都给出他所能给的：有的给出面包，有的给出面包的种子。

请您做得让我在世人中间如同一个没有脸容的人，而我关于他们的
一种没有任何声音的话语就像一个寂静的播种者，就像一个黑暗的播种者，就像一个教堂的播种者，
就像一个天主节拍的播种者。
就像一颗小小的谷粒人们根本不知道它是什么
而它扔进了一片肥沃的土地中便会从中汲取各种能量并生长出一株特殊的植物，
完整地带有根系和一切，
恰如词语在精神中。因此，说话吧，哦在我手指头之间的毫无生气的泥土！
请您做得让我像是一个播种孤独的人，凡是听到我话语的人
都将忧心忡忡心事重重地回家。
天主将如何进入到你的心中，假如那里根本就没有什么位子，
假如你不想让他居住在里面？如若没有一个教堂，对于你就根本不会有天主，而整个的生活就开始

于修道院的单人小间。

不然，谁又能把一份甜酒倒进一个渗漏的杯中？

哦我的天主，我还记得那份黑暗，我们俩面对面地待在那里头，那些个阴郁的冬天下午在圣母院，

我独自一人，低低地在下，用一支付了二十五生丁的蜡烛照亮了高大的青铜基督像的脸。

那时候所有人都在我们的对面而我什么都不回答，科学，理性。

在我心中只有信念而我静静地瞧着您就像一个人更喜欢他的朋友。

我跟您一起下到您的坟墓中。

而现在那些把我们粉碎的强者又在哪里？剩下的只有几个淫邪的面具在我的脚下。

我根本就没有动弹而您坟墓的边界变成了宇宙的边界。

就像一个男人带着他的蜡烛弯下腰来照亮了整整的一个行列，

这里我用一根值四个苏①的灯芯，在我周围照亮了所有的星星，它们为你的在场构成了一种难以遏制的守护。

---

① 苏（sou）为法国旧时的辅币，一个苏合二十分之一法郎，即五个生丁。

我们屋子的房梁不是雪松的，我们卧室的细木壁板不是扁柏木，

而我们接待救主的陋室在我们心中增大得比所罗门的神庙还要更静悄悄，而那神庙则是用斧头和锤子悄无声息地建造起来的。

你听到了福音书在建议关上你那房间的门。

因为黑暗就在外面，而光明则在里头。

你只能用太阳来看到，你也只能靠心中的天主来认识。

你将让整个的创造进入到方舟中就像古老的诺亚，在这寓言的封闭居所中，

一家之主在屋内对半夜三更敲门讨要三块面包的讨厌鬼

回答说他跟孩子们已经歇息了，又犯困又聩聋①。

愿你得到祝福，我的主，您并没有让您的作品未完成

您还按照您完美的形象把我变成了一个完结的

---

① 这里影射的是《圣经》故事，事见《圣经·新约·路加福音》(11：5—7)：耶稣说："你们中谁有一个朋友半夜到他那里去说：'朋友，请借我三个饼，因为我有一个朋友行路，来到我这里，我没有什么给他摆上。'那人在里面回答：'不要搅扰我，门已关闭，孩子们也同我在床上了，我不能起来给你。'"

存在。

由此我能够理解因为我能够撑住并衡量。

您已经把关系和比例一劳永逸地

放在了我的心里；因为一个数字是可以改变的，但是两个数字的关系却不能：而确信就在于此。

您把我的精神变成了一个永不枯竭的瓶子就像撒勒法的寡妇的那个瓶子①。

不光光是对我，而且还对任何一个伸过嘴唇来碰它的人，

就像日本人那样，随着他慢慢地喝水他也就看到家乡的伟大景色在碗的凹面上渐渐地显示出来，

而随着酒液表面的下降白雪皑皑的富士山也在碗边矗立起来，

而完整的地平线随着饮料的枯竭而生出②。

诗人，我发现了米尺。我用我创建的它的形象来丈量宇宙。

哦上苍，就让我在我心中如同在您心中辨清北方

---

① 撒勒法的寡妇的故事见《圣经·旧约·列王纪上》(17：8—24)：伊利亚遵照耶和华的旨意，让撒勒法地方的这寡妇家"坛内的面果必不减少，瓶里的油必不缺短，直到耶和华使雨降在地上的日子"。
② 克洛岱尔在他写于1893年的一首诗《圆瓶的馈礼》中也有类似的描写。

与西边,南面与东方,

绝不像是绘制在您炉灶上的那些永恒星辰的形象,

而就是我的四道门,恰如一个强大的城邦,就被永恒不变的意愿所守护。

以往我颂扬了内中的缪斯,不可分割的九姐妹,

但如今到了我成熟的中年,我学会了辨别四大基座,四大外在者,

依照在博德① 和西恩② 的国家中的形象人们在寺庙中看到天国四方滩岸的守护神,披挂了可怕的伪装③。

我将歌唱伟大的方方正正的缪斯,带着一种天国价值的四枢德,

她们分别看护着我的每一道门,谨慎,

力量,节制,它就在其他三个之间,

正直。

她们就像罗马女神或者大地之母库柏勒的雕像,透过太阳光或者迷雾,我永远永远地看到有那四张精

---

① "博德"的原文为"Bod",是藏语中"西藏"一词"bodljong"的一种说法。
② "西恩"的原文为"Sin",指中国,西方各种语言中"中国"一词的发音与"Sin"很类似。
③ 明显影射中国佛庙中四大金刚(也称护世四天王)的形象。

彩绝伦的脸在其位子上,

恰如古老的埃及雕凿出这些人类最初类型的形象,这些众神之子的庄严面容,提坦与闪①。

谨慎位于我心灵的北方,就像智慧的船舳引导着整条大船。

而她②的目光指向正前方,丝毫不偏左右,更不朝后,因为我们正是在向前挺进,在侧旁的就是在侧旁,在后面的就是在后面。

在它之中既没有遗憾也没有回忆更没有好奇,

却只有贪得无厌的义务③以及对笔直航向的忧虑,

就像司机在黑夜中全速行驶,整整几个小时中用小小的白灯覆盖谷地深处那边的一切。

积雪不能伪装坚毅的脸容,霜冻不能缝上坚定不屈的眼皮,

也没有一丝云彩能遮盖极地。

力量位于南方,那里再也没有城墙,而仅只有

---

① 提坦为希腊神话中的巨人神,为天神乌拉尼亚与地母神盖亚的孩子,共有六男六女。闪(Sem)是《圣经·旧约》中的人物,诺亚的长子。
② "她"指谨慎,法语中用阴性,可以理解为"她"是一个"谨慎女神"。
③ 这里有文字游戏:"义务""贪得无厌"在原为中分别为"devoir"和"dévorant",词形相似。

一些破败的树栅以及被无休止的近身搏斗所践踏的泥土，

就如那镇定自若的忒拜人，统帅的目光落到他身上，当他准备回答讲述卡帕纽斯①故事的信使的这句话：

"我们将选择谁来抵御这个蔑视众神的家伙？"②

她③就坐在不可动摇的岩石上，

风暴与阳光侵蚀了她的鼻子，战争的硝烟熏黑了她的脸庞。

人们看得见的只有她的眼睛，如一个麻风病人的眼睛镶嵌在浮石般坑坑洼洼的脸上。

但她的右手握定了雷电，左手死掐住巨蛇，

她把枪乌贼和鳄鱼撕碎在了她的脚下，

而艾芙里④和血淋淋的魔鬼的重担则前来在她宽阔的胸膛前撞得粉碎！

所有邪恶的风都吹到她的脸上。

南方的风就像是地狱的呼气，

---

① 卡帕纽斯（Capanée）：希腊神话中攻打忒拜的阿耳戈七雄之一，他最终因蔑视众神被雷电霹雳打死在忒拜的城墙底下。
② 这两行明显影射了古希腊悲剧家埃斯库罗斯的悲剧《七雄攻忒拜》（第二场）。
③ "她"指力量，法语中用阴性，可以理解为"她"是一个"力量女神"。
④ 艾芙里（l'éfrit）是一种邪恶的精灵。

而西南潮湿的风会在狂欢节期间吹到巴黎来,

而夏收季节的最初气息,就像是一个汗津津的裸体女人,

(哦马六甲海峡那里滚裂着一棵满是鸟儿的黑树!班达海峡①!苏禄海②上航行着古老的荷兰双桅帆船,庞大而又坚硬得如同一颗清漆的核桃!哦倾盆大雨的最初几滴滚落到赤道的雨尘之中就像温热的朗姆酒!)

但是空气的所有强大力量,都抵不上战无不胜的石头。

节制守定了东方,她直望着太阳的那一道道门。

人们正是向她显现纯真的伟大神秘以及白日与黑夜的诞生本身。

因为她有眼睛为的是不去看见,有耳朵为的是不去听见,还有一张嘴为的是不去说。

她从两方面抵抗着;

在世界与城市之间她是中介者;在人与大地之

---

① 班达海(Banda),位于南太平洋西部,为印度尼西亚的摩鹿加南部诸岛所环抱。
② 苏禄海(Sulu)是位于西南太平洋的一个海域。周围是菲律宾的苏禄群岛、巴拉望岛、棉兰老岛以及马来西亚的沙巴地区,沟通南海和苏拉威西海。

间,在渴望与善益之间,她是架设的障碍。

她是接受的那一个,她灭绝,她驱除。

她是创造性的衡量,她是存在的形式,

她是生命的法则,生命源泉的钳子,牢牢地夹住确切的张力,

就如古提琴的弦栓,就如诗琴的音柱。

她在我们心中是母亲的继续,她知道我们都需要什么,她是我们命运的代理人。

她是永无差错的意识,还是诗人的最高趣味远远地高于解释。

她是我们心中的这一切,用一种在千变万化之中的秘密艺术掌握着我们

始终如一;她是掌握冷静协调的女工,而这在我们心中

保留,以天主创造世界的方式。

正直眺望着西方,这片被划破的天空是她的

当太阳的七色光谱穿越了被清洗干净的巨袤苍穹而聚集到直径的另一点时。

在她的脚下是得到灌溉的肥沃的广阔平原,岸边栽种了桑树的运河,而在一片高高的青纱帐中,几十个村庄在远处冒出炊烟。

她端详着万物的终结,还有日光,当它在火焰与鲜血的颜色中消耗而尽时。

这日子是第六日,安息日之前的那一天,紧随在最初的五天之后。

她清算了我的账目;她对我还清了该偿付的一切;

因为我又如何知道我应该偿还的呢,假如我归还的恰恰就是我接受的,那又是何等的交换呢?

就如副本堂神甫在圣器室收到弥撒的钱,在材料与精神之间,在乡野与城市之间,

她主持了神秘的商贸活动。

因为一方面,若是没有我,那么一切自然就都是枉然;是我为它赋予了意义;我身心中的一切都在我加给它的定义中

变得永恒;是我为它奉献,为它祝圣。

水不再只是清洗躯体,它还清洗灵魂,我为我自己留的面包成了天主的实体本身。

就像一个人在冬天用双手为那些小小的鸟儿分发着一大块面包,

就这样,我用满满的双手紧捧着大串念珠,念诵玫瑰经,滋养了炼狱中的众灵魂。

——另一方面,我知道任何事物都在她那里得到

祝福，我也在她那里得到了祝福。

因为人，作为在他之前那整整五天的继承者①，在他的头上接受了它们累积的赐福。

他就像雅各身上披了一张小山羊皮来接受他父亲用双手给他的祝福②。

他是永恒山岭的期望对象，他将接受隐藏在下的深渊的祝福，乳房与女阴的祝福，

他额头上的祝福将得到其父辈们祝福的加强。

向你致敬，刚刚开始的这一世纪的初升曙光！

就让其他人来诅咒你好了，但是我，我要毫无惧怕地为你奉献上这首歌，恰似贺拉斯为年轻小伙子和年轻姑娘们的歌队献上的那一首，当奥古斯丁第二次建立起罗马的时候③。

就在那么多神圣的教堂面朝下轰然倒塌的地方，

---

① 指按照《圣经·旧约·创世记》中的说法，上帝用五天时间造天地自然万物，到第六天才造了人类。
② 事见《圣经·旧约·创世记》第27章，雅各跟他的兄长以扫争父亲以撒的宠爱，他听从偏心爱他的母亲利百加的计策，穿上以扫的衣服，还用动物皮披在自己光溜溜的身上，冒充他那浑身长毛的兄长，骗取了老眼昏花的父亲以撒以耶和华之名给继承人的祝福。
③ 这里所指应该是贺拉斯的《世纪之歌》，公元前17年受奥古斯都之托为世纪庆典作的颂歌。此作祈祝罗马昌盛，赞扬奥古斯都统治；风格和谐、优美、庄重。

(由此,以往,在那个不信教的勃艮第城市中,我看到圣母雕像被推倒,脸冲地躺在雪地中,为她那伤风败俗的人民而祈祷),

那么多庇护所被连自己都不知道自己在做什么的镐头打开,

而如今,一所房屋重新为我们而建为了我们的祈祷,

那是一座新的庙宇,就连撒旦的愤怒都将不能熄灭它的灯盏,也不能破坏它那金刚石一般坚硬闪亮的穹顶。

为了索莱姆和利古热的隐修院,现在又有了另一个隐修院[①]!

我看到我面前天主教会属于整个宇宙!

哦捕获!哦神奇的渔捕!哦千百万星星被捞进我们的渔网,

如一份巨大的渔业成果从海里出来一半而鱼鳞儿在火炬的微光中闪闪发亮!

我们征服了世界而我们发现您的创造完成了,

而不完美在您那已经完成的作品中根本就没有位

---

① 这里影射了诗人克洛岱尔自身的经历,1900年,他执意要进入利古热(Ligugé)的圣马丁隐修院修道出家,发誓当一个教士,但最后并没有获得本笃会高层教士的同意。

子，而我们的想象力无法为这个在您的整体面前心醉神迷的数目

增加哪怕单单一个数字！

如同以往当哥伦布和麦哲伦把两大部分的陆地连接起来时，

旧纸牌上的所有魔鬼全都消逝了，

由此天空对于我们再也没有了恐怖，因为我们知道，尽管它伸展得那么遥远，

您的衡量却是并不缺少的。您的善意也是并不缺少的。

而我们眺望您那些在天上的星星

安安静静的如同怀了羔崽肚子圆鼓鼓的母山羊，如同强有力的母绵羊，

跟亚伯拉罕的后代一样数量众多[①]。

如同人们看到小小的蜘蛛或者某些昆虫的幼体像珍贵的宝石隐藏在它们棉布的或者锦缎的钱袋中，

就这样人们向我显示依然被浓云迷雾的寒冷皱褶所阻挡的整整一窝阳光，

就这样我看到了你们，我所有的兄弟，在淤泥

[①] 《圣经·旧约·创世记》(17: 5—6) 中，耶和华对亚伯拉罕说："我已立你作多国的父。我必使你的后裔极其繁多，国度从你而立，君王从你而出。"

中,在伪装底下,恰如苦难的群星!

一切都是我的,天主教徒,我没有被剥夺你们中的任何一个。死亡并没有把你们隐入黑暗,

而是为你们解脱如同一颗行星开始它永恒的轨迹,

以相等的时间运行在相等的区域中,

按照椭圆的行程而我们看到太阳为它提供了唯一的一个核心。

我向你们致敬,所有死者的这片苍穹!

就像一颗行星为我们缩减为它的光芒和它的数学运动,

幸福的灵魂们,我们再也看不到你们而只看到这一数量

由你们所反映出的天主的荣耀,悬挂在彻底贫瘠的迷醉之中,足可媲美天文空间的稀疏!

神圣的灵魂们,有朝一日我可以成为你们中最新的一个吧!

你们的荣耀便是我们的拯救。这一个,对善已行的那人行了善,并还回最多的光让人接受得更多,

使用天主给他的这些不同方法,或是富裕,或是贫穷,

或是智力,或是闲暇,或是工作,按照强加给

所有寻找自身生命的动物的法则。

让我们把目光转向已经造就的天空,哦正在这片天空中工作的我的兄弟们!

因为从伯利恒①陷于黑暗的那些天以来,我们的黑暗始终苦于没有星星,

黑夜中我感觉到我的周围有些比天狼星②还更耀眼的巨大纯真的生命体,有种种入选灵魂共同的深刻运动,

恰如武仙座星团③还有银河中的一段段树干!

少许的光明强过很多的黑暗。我们绝不要因我们之外的那一切而困惑。

我们绝不要去审判,因为担心到时候我们自己被审判,我们绝不要诅咒跟我们在一起的现在,它就如同我们的永恒。

恰如僧侣回到他那荒芜的修院,

在他看来灰烬与苦衣底下一切就如献堂之日那般美,

当百尺高的钟楼像一杆船桅那样竖立起来,在阳

---

① 伯利恒是耶稣的诞生地。
② 天狼星(Sirius)是整个天空中我们能看到的除太阳之外最亮的恒星,但它略略暗于金星与木星,绝大多数时间亮于火星。
③ 武仙座(l'Hercule)是一个离地球有六亿五千万光年远的星群。

光中比葡萄酒还更亮

带着它的四口铜钟鲜黄鲜黄的纯真如百合花。

因为一旦他有了他的书以及一个在他之上的高人，他还缺少什么呢？

瞧他重又坐了下来，画了画十字，为了好好地抄录而把福音书摊开在他的面前翻到第一页

在紫红色的文书中重新开始黄金的首写字母。

而现在既然我按照礼仪已经向天向地向活着的人们行过了礼，

就像祭司在祈祷乞灵中稍作歇息，就在号角声停止吹响时，人们只听到牺牲的脂油和块肉在正午那一刻在位于广场四角炙热的炭火上滋滋作响，

我将转身朝向死者们，我将不会遗漏最古老的人类义务，

把我嘶嘶作响的话语跟那些熄火而闭的嘴连接起来。

我们将会比异教徒还更蔑视宗教吗？

他们可并不相信他们能够停止向死者行善而死者也会对他们同样做。

我们可不是狗们和野兽的儿子，我们的父辈决不是在大路上无谓飘荡的幽灵，

但是我们从他们真实的肉体和他们真实的灵魂中

出来，而真相则绝不出自谎言，凡为真相者则绝不会成为梦幻与谎言。

瞧我现在能够为他们提供一种更好的食粮，而不只是一炷炷香，盛在碗里滚烫的酒还有肉糜，为这些狭窄的嘴巴享用。

请品尝吧，哦亡灵阴魂，请享用我们新近收获的庄稼。

天主的天使一年一次

前去祭台上拿取黄金的圣体盒，然后一步步走向死去的人们，

恰如一个身穿一件黄金祭披的神甫跟在手持蜡烛的辅祭后面，走向领圣餐者的席位，

带着一个装得满满的圣体盒，天主献给我们的这些善行满得都快要从中溢出，

里头装的是我们的赞同还有我们的苦修，是念过的念珠还有领过的弥撒，

恰如那些白色的圣体饼以及在他的手指头之间闪闪发光的一颗小星星。

如此在一个阴郁的圣诞节早上，我看到成群结队的澳门混血人还有中国女人，一列接着一列排着队，

脑袋上覆罩着长长的黑色面纱，只露出嘴巴，匆匆来到圣体台前。

请听死者们饱含同情的叫喊!

我听到无数死去的人拥挤在我周围,就像一片大海在恳求着大慈大悲!

"可怜可怜我们吧,至少请你们,我们的朋友!

一点儿都不用因我们的结局而怕我们,因为就连我们脸上的肉也都消失殆尽了,我们剩下的只有牙齿在嘴巴的四周。

我们基督徒骨头的儿子,请怜悯我们朽坏的残腐,天主说过它是你的母亲和你的兄弟![①]

看看吧!我们把我们的大地和我们的财富留给了你,我们就不能有你祭台的小小一角,有你杯中的小小一滴?

无用的眼泪,一声简短的呻吟,一切全都遗忘,

曾跟我一起吃甜美面包跟我共享和平的人颂扬了他对我的排挤。

哦活着的人你依然还配得上赞美!哦永不枯竭的财富的拥有者!

对于我们我们忍受着火与囚室而我们屋子的房梁不是雪松木的!

---

① 参见《圣经·旧约·约伯记》(17: 14):对朽坏说:"你是我的父";对虫说:"你是我的母亲姐妹"。

为了我们而祈祷吧，不是为了减轻我们的痛苦，而是为了增加它们，

并让我们心中的苦以及对这可恨抵抗力的憎恶最终结束！"

但是天使的眼皮已经垂下走向了死去的人民，带着他从祭台上取下的黄金器皿，

那里装满了大地收获的最初成果，

只是圣餐盒而绝没有酒杯，因为我们在天主的国度痛饮新酒之前，将绝不品尝这葡萄园的果实。

天津，1908 年。

向新世纪致敬的圣歌[*]

---

[*] 这首长诗写于1907年。最初发表于1911年,与《颂歌五》合集刊登在《法兰西友谊》上。

弥撒已毕,来吧,谢主恩也已告终。
让我们以天主之名前行在平和中①。

如同一个麻风病人皮肤重又恢复健康而溃疡也已止住,
恰如人在罪孽得到赦免后平和地前行。

如同伊利亚三十天里走向神之山何烈山,
因为吃过了这匆匆在火底下烤熟的有力的面饼②,

如同希伯来人按照法定礼仪手里拿着棒杖

---

① 此句原文为拉丁语 "*Procedamus in pace in nomine Domini*"。
② 先知伊利亚的这段故事见《圣经·旧约·列王纪上》(19:5—8):"他就躺在罗腾树下睡着了。有一个天使拍他,说:'起来吃吧!'他观看,见头旁有一瓶水与炭火烧的饼,他就吃了喝了,仍然躺下。耶和华的使者第二次来拍他,说:'起来吃吧!因为你当走的路甚远。'他就起来吃了喝了,仗着这饮食的力,走了四十昼夜,到了神的山,就是何烈山。"

双脚穿鞋准备好随时行走站立着吃逾越节的羔羊①,

因此我们,如同逃离所多玛的那些古老族长,宿营在树枝底下的篷帐,
让我们前行吧,因为在这里我们并没有长久的居房。

今天早上我们在我们天父的家里吃饭,
很少的子民,为一顿如此高贵的菜肴,为一次如此盛大的酒宴,

因为它就是我们的救世主耶稣基督的肉与血②,
他为我们这些罪人自愿献身的恰如经书上所写。

很少有子民始终忠诚的,但是当我们人数变少时,我们的信念却不摇撼,

---

① 这一故事见《圣经·旧约·出埃及记》(12:11):"你们吃羊羔当腰间束带,脚上穿鞋,手中拿杖,赶紧地吃,这是耶和华的逾越节"。参见《圣经·新约·哥林多前书》(5:7):"因为我们逾越节的羔羊基督,已经被杀献祭了。"
② "菜肴"与"肉"的原文为"la chère"和"la chair",词形相似,发音一样。

因为主的承诺绝不会过时,而人的话语只不过是飘过的风散去的烟。

一阵简短的笑就如火中的荆棘噼啪作响。
但我们吃的饼就是神子的肉与血。

救世主,我不配用这屋顶来为您做庇蔽,
但就请您仅仅说上一句话,您所爱的那一个就将痊愈。

而现在弥撒已毕,深深的谢主恩已告献上。
让我们以主的名义走吧,走向敞开的大门。

这是多么艰难的事啊,要离开这地方您所居住的篷帐,
要重新走在满是绊脚的野草与遍地障碍的荒漠老路上。

要交换嘈杂的人声而不是您永恒的话语。
但是,我们敬仰您,因为您如此的心意。

分享您圣餐杯的人墨线落到您圣殿中他们头上的

人有福了。

但是我们，还有一条长长的道路等着我们去走呢。

这便是外在的世界而我们世俗的义务就在这里，

没有旁人的轻蔑，却带着旁人的爱，假如我能够，也没有不公的激情与暴力，

仔细察看十诫远胜过人们看到的我所知晓的模样，

做我的晨祷与晚祷，把我所欠每个人的全都补偿。

这就是阳光与月光下整个的大地，是日月为我们带来白昼与夜晚，

大地以及它所有的出产，苍天在其上，海洋在其间。

我相信天主就在这里尽管他对我隐身不见。

就如他在天上跟他所有的天使在一起，在无罪的圣母心间，

他现在就在这里，在火车站和工厂，在托儿所，

在打谷场和满是酒桶的酒库。

赞颂吧,天与地,救世主。
赞颂吧,清晨与傍晚的作品,救世主。

天主,怜悯我们!
基督,怜悯我们!
天主,怜悯我们![1]

如同教士与忠实信徒在祈年丰收三日祷告[2]的每一天
早早地出发穿越乡野排着队伍
为求得天主对农人劳作以及对丰收成果的赐福[3]。

因此我们,在这圣母升天节的神圣日子[4],
让我们前行去跟土地会合,跟达到了完美之点的

---

[1] 原文为拉丁语 *Kyrie eleison! Christe eleison! Kyrie eleison!* 是《怜悯颂》(又译《垂怜经》或《求主怜悯》)的头三句,亦是一般弥撒曲中的第一个乐章。《怜悯颂》是基督教用于礼仪的一首诗歌。
[2] "祈年丰收三日祷告"的原文为"rogations",指耶稣升天节前的三天也即复活节之后的第37、38和39天的祈年祷告活动。
[3] "赐福"的原文为"benison"。
[4] 圣母升天节是8月15日。

年岁相遇①。

　　就在夏收与葡萄收获季之间这完美成熟的日子，
　　万事万物都得以完成，天主之母马利亚在十二个使徒中间死去并被天使们接到天上。

　　一颗麦种长成了三十粒麦子，另一颗则长成了六十粒，而第三颗麦子最终长了一百粒，
　　但是，不论六十，还是三十或一百，数目被达到却不再被超越。

　　万事万物都停息下来，万事万物都消耗在它的果实中，
　　任何的种子都在它所长成的种子中得到评判。

　　那是审判的日子这一天救世主要审视整个大地，
　　这一天管家必须把账本拿给主子看。

　　让我们毫不惧怕地行进在这庄严的座位中间，
　　仔细察看我们劳动双手的果实以及对它的祝愿。

---

① 克洛岱尔曾在别处写到过："八月十五日标志了一年的顶点与峰巅"。

要知道这世界的形象会过去就如庄稼成熟的收获季会过去，

但对于我们我们都是您的孩子是您造物的某一种开启。

我们将很快就来聚集在您的谷仓中在您的打谷场上。当天主生动的荣耀如一声惊雷那样爆响！

恰如一记闪电一下子就从东方掠到西方，

由此，人子就将出现在云雾层中来审判死人与活人。

他把好的排列在他的右侧，他把公山羊放在他的左边。

救世主，您就让我排列在您的右侧吧一定不要在您的左边！

理解根本就不是我的事，我的事就是在热爱中在颤栗中祈祷。

您就让我能看到您吧，救世主耶稣，就用这热泪盈眶的眼睛，就在您再次降临的日子！

去吧,遭诅咒者,去那永恒的火,它是为恶魔以及它的天使准备的!

来吧,我父的喜爱者,让那饥与饿的人能得喝得吃!

  神圣的天主之母,为我们祈祷吧!
  所有神圣的天使与大天使,为我们祈祷吧!
  所有神圣的使徒与福音传道者,为我们祈祷吧!
  所有神圣的殉道者,为我们祈祷吧!
  所有神圣的博学者和忏悔师,为我们祈祷吧!
  所有神圣的处女与寡妇,为我们祈祷吧!
  所有的圣男与圣女,为我们祈祷吧!

让我们在这世上什么都不怕,因为,当万能之力与我们同在时,旁人又能对我们做什么?

我们比一个铜钱就能买上一打的小鸟儿的数量要远远地多得多。

假如时辰的分量是那么沉重假如人们是那么

厌烦，

　　这些很快就会过去的，你忍痛的部分少得很。

　　因此，你就不要自寻烦恼了，也不要烦你喝的和吃的东西了，

　　好好地瞧一瞧那些乌鸦在谷仓中既不耕耘也不收获①。

　　还有田野中的百合，它们远比荣华至极的所罗门还要更美②！

　　你能为他的身量多加一肘③吗？面容能够骗得了镜子吗？

　　因此万不要自我折磨也不要自我激奋，第一位要寻找的是天主的国度还有它的正义。

---

① 参见《圣经·新约·路加福音》(12：24)："乌鸦也不种，也不收，又没有仓，又没有库，神尚且养活它。你们比飞鸟是何等地贵重呢！"同见《圣经·新约·马太福音》(6：26)。
② 参见《圣经·新约·路加福音》(12：27)："你想，百合花怎么长起来？它也不劳苦，也不纺线。然而我告诉你们：就是所罗门极荣华的时候，他所穿戴的，还不如这花一朵呢！"同见《圣经·新约·马太福音》(6：28—29)
③ 参见《圣经·新约·马太福音》(6：27)："你们哪一个能用思虑使身量多加一肘（或作：使寿数多加一刻呢）？"同见《圣经·新约·路加福音》(12：25)。

其余的就很少了,每一天它的恶意就足矣。

而生命远胜过面包,肉身远胜过衣服①。
——我与苍穹底下的一切存在物和平共处!

我的生命已过一半,我的使命已一劳永逸地完成,
它将不再重新开始,我看到我面前道路与时日的界限。

瞧在我面前从世界的开端直到我们今天形成为一个队列,
所有的族长与圣人都按照其辈分顺序排列。

亚伯拉罕生以撒,以撒生雅各,雅各生犹大和他的兄弟,
很多代之后,又一个雅各生约瑟,即马利亚的丈夫。那称为基督者就是她生的②。

---

① 参见《圣经·新约·路加福音》(12:22—23):"所以我告诉你们:不要为生命忧虑吃什么,为身体忧虑穿什么;因为生命胜于饮食,身体胜于衣裳。"同见《圣经·新约·马太福音》(6:25)
② 原文为拉丁语。语见《圣经·新约·马太福音》(第1章:第2与第16段)。

瞧这圣彼得上了十字架①,而圣保罗我的主保圣人,

他写下了弥撒的诗体书简,他在皇帝尼禄治下被割了脑袋②。

瞧这司提反③满受恩宠和力量,而所有的殉道者,异教徒,犹太人,异端者,

他们的名字都登记在天上以及我们的记事板上。

瞧法规的这些定义者,瞧所有教规的这些教导者,

教皇们坚定地对抗着愤怒的暴君以及可怜的愚昧众人。

因为您并没有命令我们去战胜,而是要我们不被战胜!

---

① 彼得(Pierre,天主教会译为"伯多禄"或"伯铎",公元1年—67年),耶稣所收十二使徒之一,早期教会的核心人物。天主教会认为是他建立了罗马教会。他最后被倒挂在十字架上钉死。
② 保罗(Paul,天主教会译为"保禄",约公元3年—约67年),本名扫罗(Saul),是早期基督教会最具有影响力的传教士之一,《圣经·新约》中的很多篇什是他写的。保罗最后被斩首殉道。
③ 司提反(Etienne)的故事见《圣经·新约·使徒行传》第6—7章,他最终被人乱石打死。

并且保持住我们所接受的信念完好无损。

瞧这我们无数活着和死去的兄弟,天主教徒的整体,

以色列人的十二个部落聚集在一起,三大教会在唯一的一个大教堂里。

瞧这被战胜的世界和落荒而走的撒旦,
瞧这建造得如同一座城的耶路撒冷!

瞧这和平的幻象所有的眼泪都被擦尽,
贫穷者的恢复与悲惨者的提神,
我看到我面前这些事情似乎难以相信。

瞧这年历上所有的圣人,分列在寒暑凉暖的四季,
冰与炭火的圣人,宣告牲口出圈还有收割草料的圣人,
圣梅达尔① 和圣巴纳贝②,苏瓦松的圣兄弟科雷平

---

① 圣梅达尔日(Saint Médard)在6月8日,法国有谚语"圣梅达尔日天下雨,四十天后还下雨,除非圣巴纳贝日割它脚下的草"。
② 圣巴纳贝日(Saint Barnabé)在6月11日。

和圣科雷皮念①,

圣马丁②和主保葡萄园的圣文森特③,圣女玛柯蕾的本命日,费尔-昂-塔德努瓦镇的节日就在这一天④,

还有十二月的圣女露西日,那一天的白天最短⑤。

最长的那一天将会来到那是我死亡的日子,
黑暗的那一天将会来到在我越过死神的门槛时!

就在这一天我的灵魂并不被鞑靼人耗尽,
大君天使长米迦勒⑥把它再现为在亚伯拉罕的怀中!

但是我还会害怕什么呢?当我看到我面前那些殉道者以及所有那些默默履行自己长久义务的人,

还有我那成群结队的母亲们和姐妹们,所有庄严

---

① 科雷平和圣科雷皮念日(Saints Crépin et Crépinien)在10月25日。法国有谚语:"到了科雷平日,苍蝇活到头"。
② 圣马丁日(Saint Martin)在11月11日。
③ 圣文森特日(Saint Vincent)在1月22日。文森特是葡萄园、葡萄酒以及饮酒者的主保圣人。
④ 圣玛柯蕾日(Sainte Macre)在1月6日。
⑤ 圣露西日(Sainte Luce)在12月13日。法国人爱说:"一到圣露西日,天日就如跳蚤一样向前跳。"但实际上,白日最短的日子是冬至日。
⑥ 天使长米迦勒(Michaël),《圣经》中提到的天使名字,神所指定的伊甸园守护者。

地死去的高贵女人。

她们走在我的前头带着一种谦逊的自信,
有一人还不时地回过头来看我,用那双充满了一种天国之光的眼睛!

阿纳斯塔西娅和阿伯丽娜,佩尔佩图爱和菲丽西泰①,
还有蓝眼睛红脑袋的幼兽爱梅兰席亚娜② 紫色的眼毛低低垂下。

还有听我经过那几年一种忧伤的妄想后作忏悔的神圣教士③。
我看到我面前死去的父母带着一丝温柔的微笑瞧着我!

说着:跟随我们吧,继承了我们血脉的儿子,接受这本就属于你的遗产,

---

① 阿纳斯塔西娅(Anastasie)、阿伯丽娜(Apolline)、佩尔佩图爱(Perpétue)和菲丽西泰(Félicité)都是基督教早期的女殉道者。
② 爱梅兰席亚娜(Emérentienne)是一个很年轻的女殉道者,生活在公元四世纪初期。
③ 影射诗人自己的一段经历。

坚守你基督徒名字的荣耀,还有你洗礼时的誓言。

位于最后的我看到已经跟我一起开始的这一切,严格依照着年月日的次序,
所有这一切永远都跟我一起存在,都跟我一起继续。

我瞧着并看见所有那些在我身后的年份,还有我所有那些行为有好有坏。
坏的我感到羞耻好的我却并不明白。

坏的已被基督的血以及忏悔所抹除,
而假如行为中有好的,天主则会给它增补!

我看到我做下的所有事,瞧它们开始活了起来,就在我身后,
青草开始生长,一代代人站立起来,跟随在我的身后。

我给予和平,我感觉我身上是我所有无名弟兄的和平安详。
愿他们跟我一起在您的善行中成长,就像庄稼齐

整整地生长。

就像在我的故乡一望无际地伸展开同时成熟的庄稼,

在那里,瓦兹河和埃纳河毫不颤栗地汇合到一起①,恰如一对夫妇因深深的爱而结合成一家。

我看到我妻子在我身边,我还看到我的孩子清爽而又自豪

在他的摇篮中使劲地蹬腿,在东升的朝阳中哈哈大笑。

他在东升的朝阳中牙牙学语,他那小小的心里充满了一种天真的喜兴,

因为天主创造他不是为了死亡,而是为了形象鲜活的生命!

我们赞美您,救世主。我们祝福您。我们崇敬您。

我们感激您因为您伟大的光荣!

---

① 瓦兹河和埃纳河在贡比涅汇合到一起,然后在巴黎附近注入塞纳河。

我站立着感激您，双脚踏着这片养育了我的土地，

就在这样的一天，既不是昨天也不是明天，而是今天。

我相信我的父辈在我之前相信的那一切而毫不改变任何一处

向万众之救世主告解，他就是死在十字架上的耶稣，

向天主告解，向圣父，是天主，向圣子，是天主，向圣灵，是天主，

然而那不是三个神主，而是唯一的主，

圣父是永恒的，圣子是永恒的，圣灵是永恒的，

然而那不是三者永恒，而是唯一永恒的主，

圣父是孕育者，圣子受孕育并活着，

而圣灵既非孕育者也非受孕者，但源自于圣父与圣子。

山海关，1907年。

三声部康塔塔*

---

* 据专家考据,这部作品写于 1911 年 6 月之后,完成于 1912 年 9 月之前。诗篇的某些部分于 1913 和 1914 年零星发表在法国的几家杂志上。

拉埃塔——福丝塔——贝阿塔[①]

拉埃塔

暮春和初夏之间的这一时分……

福丝塔

今晚与明日之间留下的唯一时分……

贝阿塔

太阳再生之前毫无睡眠的睡眠……

拉埃塔

毫无黑夜的黑夜……

福丝塔

不断充满了神秘的鸟儿,还有歌声,一结束便能听到……

[①] 拉埃塔(Laeta,拉丁语词根有"欢乐"的意思),福丝塔(Fausta,词根中有"幸运"的意思),贝阿塔(Beata,词根有"幸福"的意思),这三个女人分别为未婚妻、流亡者和寡妇的形象,都跟自己的爱人分离着。

拉埃塔

……还有树叶，还有一声微弱的叫喊，还有低低的词语，还有声响……

福丝塔

那便是水在远处落下，那是风儿在逃逸！

贝阿塔

碧空如洗 没有丝毫污染， 宽宽的明月布满了苍穹！

拉埃塔

安详的时分！

福丝塔

忧伤与苦难……

拉埃塔

无谓的眼泪！无谓的忧伤与苦难……

福丝塔

无谓的眼泪，无谓的苦难……

贝阿塔

属于已经完结的今天！

拉埃塔

春天已告终结。

贝阿塔

明天将是伟大夏季的开端！

　　　　　　　　福丝塔

广袤的日子!

　　　　　　　　拉埃塔

广袤大地的果实!

　　　　　　　　福丝塔

持续的日子!

　　　　　　　　贝阿塔

纯净的天空,辉煌的太阳!

　　　　　　　　拉埃塔

而现在,依然还是黑夜!

　　　　　　　　福丝塔

现在还有点时间,依然……

　　　　　　　　拉埃塔

……那么的晚,那么的被威胁……

　　　　　　　　贝阿塔

夏季前的最后一个夜晚!

　　　　　　　　福丝塔

它有多美!

　　　　　　　　拉埃塔

天空上这一松树　　的持续标志……

　　　　　　　　福丝塔

它幽暗而又灿烂!

> 拉埃塔

歌唱吧,讲述吧,召唤吧,鸟儿,菲洛墨拉①!

> 贝阿塔

朱庇特……

> 福丝塔

……光照着我们,胜利的绿色。

> 贝阿塔

维纳斯……

> 福丝塔

……已经不在,随身带走了我们的礼物,黄金与乳香②。

> 拉埃塔

……已从另一边经过……

> 福丝塔

……未来女神,留下那已经熄灭的……

> 拉埃塔

……清晨中走在我们的前头!

> 贝阿塔

啊,我们不给我们自己幸福,我们的权利,

---

① 菲洛墨拉(Philomèle),希腊神话中雅典王潘迪翁的女儿,普洛克涅的姐妹,后被神变为夜莺。
② 原文为拉丁语"*aurum et thus*"。

我们还会让它就那样　　枯萎，让这仅仅只存在一次的时分，

却什么都不抓住？

　　　　　　　福丝塔

这时刻　　一切皆取决于它。

　　　　　　　拉埃塔

年岁的最高季语也是大地的

那大地依然充满了　　渴望，它想说话！

　　　　　　　福丝塔

也是天空的，这天空围绕着我们无所不在，

它悸动，它知晓万物，它期待？

　　　　　　　拉埃塔

当清晨成为跟晚上的唯一一个关联。

　　　　　　　福丝塔

而在昏昏沉沉的

虚幻白日的中心，记忆也渐渐获得了解脱。

　　　　　　　贝阿塔

遗憾随着希望而熄灭。

　　　　　　　拉埃塔

是什么留了下来？

　　　　　　　贝阿塔

只有幸福。

拉埃塔

我只听见尽底下的风声,还有水在哭泣!

福丝塔

……我的心那微微的跳动……

拉埃塔

而长长的流星突然一闪而过坠落为灰烬!

贝阿塔

那是因为您不善于听见。

拉埃塔

天空一瞬间里如花绽放……

福丝塔

只为我们显现出黑夜。

拉埃塔

到处都有阿耳戈斯① 在他的荣耀中……

福丝塔

包围住盲目的和阴郁的伊娥②。

贝阿塔

那是因为您不善于看见。

---

① 阿耳戈斯(Argus),希腊神话中的百眼巨人,长有一百只眼睛,睡觉时只闭上一半眼睛。他被天后赫拉派遣去监视变成了母牛的伊俄(宙斯的情人),后被宙斯的神使赫尔墨斯杀死。
② 伊娥(Io)是希腊神话中伊纳科斯的女儿,宙斯爱上她,追求她,并得到了她。天后赫拉对此嫉妒不已,就把伊娥变成了一头母牛。

　　　　　　　福丝塔

说话吧，你，贝阿塔，我们就在那儿，这一位与我。

　　　　　　　贝阿塔

所有三个人都妆扮一新……

　　　　　　　拉埃塔

袒胸露肩亮着胳膊……

　　　　　　　福丝塔

安然端坐……

　　　　　　　贝阿塔

仰面朝天……

　　　　　　　福丝塔

谁都不被另一位瞧一眼……

　　　　　　　拉埃塔

安然端坐，身子半仰

绚丽的衣裙底下

露出一只镀金的脚尖!

　　　　　　　福丝塔

我所爱的那一位……

　　　　　　　拉埃塔

……我明天将嫁的那一位

他将永远同样地爱我吗?

　　　　　　福丝塔

我所爱的那一位

已离开我远走高飞的那一位

明天将会返回吗?

　　　　　　贝阿塔

我所爱的那一位

已经不在,明天将再也不会把他给我带回①。

　　　　　　拉埃塔

你是说,死了吗?

　　　　　　福丝塔

他将永远也不会归还给你了。

　　　　　　贝阿塔

他将永远都不能摆脱我。

　　　　　　拉埃塔

是你在跟我们谈论幸福吗?

　　　　　　贝阿塔

对于我,凡是死去的一切都已告完结。

　　　　　　福丝塔

当一切全都完结时还有什么留下来?

---

① 从以上这三句中可见,拉埃塔、福丝塔和贝阿塔的身份分别为未婚妻、流亡者和寡妇。

贝阿塔

还有这一时分,它既不是白天也不是黑夜。

福丝塔

凡是开始的都会过去。

贝阿塔

除了

在春天与夏天之间的这一时分本身。

拉埃塔

什么,一年中这一最极端的和最敏锐的时刻……

福丝塔

当一切达到了顶点并要求不再存在……

拉埃塔

你将找到 什么样的住所,以及什么样美德的 诱惑?

福丝塔

明天我们将不再美丽。

拉埃塔

我们仅仅只是一时间里的可怜女人,柔弱而又纤瘦。

贝阿塔

但是如今被邀请位列永恒不死的事物中。

福丝塔

为我们三人说话吧,贝阿塔。

贝阿塔

我该说些什么呢?

福丝塔

歌唱吧,解释吧,

我内心深处我已经明白的一切

在暗中,如何　这一唯一的时刻,

最高的和最敏锐的,

一瞬间里就已经是将不会再经过的那一切。

贝阿塔

而你,你说什么呢,拉埃塔?

拉埃塔

放开我,歌唱吧!

愿我在明媚的月光中只听到女人的一记响亮嗓音,

强劲而又沉重,有说服力而又甘美,

同时还有我的嗓音在寂静中,寂静迎合它并且创造低低的,给予它八度音!

福丝塔

而你姐妹们的这两种嗓音　　准备好了要上扬

就在你的嗓音底下,请给她们解释一下　　为什么

幸福

就在这一刻本身

而此时我们心中所爱的那一位却不在,让我们深深挂念。

>　　　　　拉埃塔

请你仅仅　　只说一说　　玫瑰!

>　　　　　贝阿塔

什么玫瑰?

>　　　　　拉埃塔

……整个的世界都开放在这朵最高级的花儿中!

玫瑰赞歌

>　　　　贝阿塔

既然你愿意,我就说一说

玫瑰,玫瑰是什么?哦玫瑰?

怎么!当我们呼吸　　这一让众神活着的气味,

我们难道不是只到达了这颗并不继续存活的小小的心

它,一旦被人抓在指间,便花瓣凋落,花蕊融化,

就像一个肉体在其自身之上,整个地化为它自己的吻

千百次地被抓紧，折弯？

啊，我对您说了，这绝不是玫瑰！而是它的气味被闻一秒钟便成永恒！

不是玫瑰的香味！是天主在他的夏天创造的任何一物的香味！

没有任何的玫瑰！却有一个无可名状的圆周中的这一完美话语

任何一物最终都会在这最高时刻的一瞬间里诞生！

哦黑暗中的天堂！

对于我们，它就是一时间的现实在我们脆弱的面纱底下绽放，它还是在天主创造的任何事物中我们灵魂的深深快乐！

比起永恒的香精以及有过一秒钟便永不枯竭的玫瑰气味来，

对一个终有一死的生命，还有什么是更要命的散发呢？

一个事物越是死去，就越是到达它自身的终点，

它也就越是从它无法说出的这一词语中，从拉动它的这一秘密中消逝！

啊，在一年的正中间，这一永恒的瞬间是那么脆弱、极端而又悬置！

——而我们三个,拉埃塔,福丝塔,贝阿塔,
我们并不属于这个花园,
并不属于这一时刻,春季与夏季之间的一点点夜晚,
(就像一点点的眼睛一时间里心满意足地闭上)
带着噪音与这颗敞亮的心,为我们的香味而开,
为在喜爱我们的人的怀中成为这朵弱得要死的玫瑰!
啊,重要的并不在于活着,而在于死去并被消耗!
还要在另一颗心中知道回归之路已迷失的这个地方,
在手的触摸下如消散在手指间的玫瑰一样脆弱!
而玫瑰在隐约开放:仅仅一个晚上,
复杂的蝴蝶用它同样被禁的翅膀本身依然从每一根茎干上逃逸!
但是你,我的灵魂,你说:我并没有白白生在世上,那个被叫来采摘我的人存在着!
啊,愿他多少能留在一旁!我希望,一段时间里他依然留在一旁!
既然他在那里的话,信念又在哪里,时间又在哪里?冒险在哪里?渴望又在哪里?假如他在那里的话,又将如何充分地变成一朵玫瑰?

唯独正是他的不在场让我们得以诞生

正是它在冷酷要命的冬天和变化多端的春季底下

在带刺的叶片之间构成为热烈图形中最终完美的红色的渴望之花!

——而到明天大地的这些婚姻就将死去,再也不会有黑夜。

但是这又有什么关系,假如,在广袤空无的夏天之外,在深入其中的冬季之外,

我们后宫闺阁中的处女已在未来花园中向她们重新露面的姐妹致意?

谁找到了幸福便会遇见一个毫无缺陷的外壳,

恰如那些神圣的花瓣一瓣底下又有一瓣,

以一种如此的艺术插在其中,让人根本找不到哪里是开端哪里又为终结。

无论我在哪里,您也一定就在哪里,我的姐妹跟我在一起,

而我们的手万分神秘地没有分开尽管皎洁的月光轮番照亮我们的脸。

谁拥有了一个也就抓住了同存共处的其他两个,从此共同被囚禁在一起就如幂与底数那样。

哪里短缺了玫瑰,果实却是不会少的。

哪里停止了亲吻,歌声就会喷涌而出!

哪里阳光被遮蔽,天空则会灿烂明亮!

我们绝不是从这一快乐的天堂中走出来,而是天主一开始就把我们放在了那里,

(而只是花园,如同它的拥有者,被伤害了。)

它的外壳比火焰

还更不可穿越,而

它的花萼竟具有一种如此的质地

连天主本人跟我们一起都根本找不到出口。

    福丝塔

我们之前有多少女人在这地方唱了同样的歌①!

    拉埃塔

人们从中发现了白色的路②以及巨大的空洞……

    福丝塔

……那里交汇有六条河谷就像车毂之上的轮辐;

    拉埃塔

十条白色的道路,磷光闪闪,重新露面,彼此衔

---

① "这地方"即指下文提到的"霍斯泰尔"。克洛岱尔曾写有一篇散文《法兰西的一角》,回顾了他在霍斯泰尔(Hostel)地方的漫步。那是一个海岬之地,他岳父的家就在那里。据专家考证,克洛岱尔1911年8月8日从布拉格离任大使一职,就直接前往霍斯泰尔属于他岳父的城堡小住,在那里逗留了几天后,就去了巴黎,然后又去自己的家乡维尔纳弗(Villeneuve)。
② 原文为拉丁语"*Alba Via*"。

接，时而消隐藏匿，时而又蜿蜒伸展……

福丝塔

……一百个有古老拉丁名字村子，阿特玛尔，威利厄，比奥拉，马克西米厄，尚多塞……

拉埃塔

霍斯泰尔，它的意思既是门，又是隐蔽所，还是祭坛……

福丝塔

……在这奶之谷地的门口，涌出一种紫色的葡萄酒。

拉埃塔

霍斯泰尔，榨机和祭坛，浇祭和鸟占的地方，
这块从泥土中出来的石头在我的脚下露出痕迹，
显现出弗里吉亚的公牛以及宰牲的尖刀。

福丝塔

在这两个挡住了黎明与晚霞的海岬之间，
阳光为它们一个接一个地染上色彩，
鸽舍山和怒山[①]，

轮番彼此亲吻，互相遮上阴影，就如两头交配中的牛互相舔着对方的脖颈。

[①] "鸽舍山"和"怒山"的原文分别为 Le Colombier 和 la Montagne-de-Colère。

> 拉埃塔

多少幸福的夜晚！

> 福丝塔

花儿在此时爬升到大自然的唇边，而众神的美食……

> 拉埃塔

……美味的草莓和樱桃等着人采撷！

> 贝阿塔

你之前的姑娘们跟你一样准备好了等人采撷……

> 福丝塔

……在这段短暂的时光庄稼也还不是绿色而是白色的，还没有变黄……

> 贝阿塔

……在你之前跟你一样就在这里朝向罗讷河远眺！

罗讷河赞歌

> 拉埃塔

它多么美啊，黑色的船儿，是吹在我脸上的这清凉微风

不一会儿就把你从大海的深处带了来,

当它任由它的天线落下,然后翻转,侧身躺下!

它们有多么美啊,那人的双脚,通过穿越广袤海岸的耀眼沙滩

开始履行义务到达了祖国,

这个宣告了胜利的人的双脚!

他飞在他带翅的双脚上,用一根迅猛的脚趾头驱赶陆地,

而在山顶上瞧着他飞奔的处女们看到了两团尘云从他的鞋底轮流腾起!

他多么美啊,未婚夫,当他最终,在罗讷河的转弯处

出现,在他骑马队伍的众兄弟中位列第一,

他在所有同样年纪的少年郎中身材最高,容貌最美,披挂了闪闪放光的甲胄,全副武装!

啊,愿他把它连根拔起在他怀中丢了魂灵,

就像一只偌大的瓮装满了无价的美酒,竖立在一个神的桌上,在它的尖底上摇摇晃晃!

因为如若不是为了被人采撷,做一个女人又有什么用?

若不是为了被人吞噬,又为何要做玫瑰?又为何要生在这世上,

假若不是为了另一个，为了成为一头威猛无比的狮子的猎物？

啊，愿他把我拥在怀中，愿他的胳膊永远都不要对我显得太硬，

假如他愿意的话，那就把我杀死好了，只要他不让我摆脱掉他就行！

让别人去赞美玫瑰吧，而我，我将赞美自由的、抓不住的、出乎意料的人，

雄性，主人，首要者，推动人。

人从天主那里获取了同一起源，就只属于他一个！

幸福是一个牢固的监狱。但是，假如没了罗讷河，这片迷醉之湖的封闭之杯以及这爱情之夜的圈套又会有什么用呢，就连太阳的脚步都准备变得犹疑，

我知道，没了罗讷河，就不能让我们从中脱出，而这条武装之河的喧闹水流任何河岸都不能囚禁！

它不是从大地中出来的，它是直接从天上下落的！请看我们的周围，

围绕在我们四周的欧罗巴为迎接它而深深地一层层脱落，像一朵巨大的玫瑰那样升起，绽放，

大地，直到天空中起始的最高的冰川，带着这些长长的一环套一环的同心圆墙面，

升起，绽放，恰如一个城市废墟，又如一朵遭踩

躏的玫瑰!

为有一条唯一的罗讷河，得有很多的高山！

只有唯一的一条罗讷河而为了它的海拔高度就得有一百个处女!

只有唯一的一条罗讷河而为了这唯独的公牛

数千里的高山，一百个处女，二十个野蛮的尖角，

二十个巨人在稀薄的空气中负担着一套沉重的甲胄，二十个峰巅迎接着来自世界四角的气息，

二十张脸迎接着无限苍穹的祝福让它从四面八方流向大地而成为一股湍急而又稳固的涌流，

成为一个玻璃的墙面，一大块唯一的黄金，一挂非物质的瀑布，一种跟迷醉同样凝固的坠落！

一百座高山，而在它们的中间是一条唯一的罗讷河

永不枯竭地得到高海拔那冰冷乳房以及充沛的娘们腺体①的滋养！

它就这样被交给大地，并从它始终经由的大地中找到最深的地方，

它，暴烈者，带着一种至高无上的微妙，贴合了

---

① "充沛的娘们腺体"的原文是 glandes gorgées de la morasse。

最冷漠的坡面!

所有遥远的源泉都听到它的噪音,就像是一群群母牛从一个峰巅到另一个峰巅呼应着牧人的号角!

一切都在流向它,而缓慢流动的索恩河①已经在行进中与它相遇。

向你致敬啊,罗讷河,大地之水的饮者,你周围这朵巨大玫瑰的吸香者,

从给予万物以意义的生命之血里不可阻挡地流出!

在万物之上,那永不玷污者与永恒的王冠都在高山上!

而后,那天国花园就在云彩中,那里千万朵花儿都自行生长,还有绿草,还有森林,

而后,在牧场之后,还有圆鼓鼓山坡上的葡萄园,

开发出整个工程的正面,以及堆积垒成的棱堡和平台,

还有激流,就出现在葡萄藤底下,从大理石的断层中溅出,流向平原!

而在深深的底下有庄稼的金浪与最初的芦苇杂糅

---

① 索恩河(Saône)是一条法国河流,发源于东北部的孚日山,在里昂南部汇入罗讷河。

在一起!

这一切终止于牵动它的罗讷河,就在给一切带来刺激的这一牵引中,

恰如火焰在牵动,在一个燃烧的城市中只造成唯一的一个牺牲!

因为,若不是用来赶上引导它们的那一通奔跑,双脚又有什么用?还有心脏,它有什么用

若不是用来计数时间,并且等到紧迫的那一秒到来?

还有噪音,若不是用来赶上在它之前就已开始的噪音?

还有生命,若不是用来给出?还有女人,若不是用来成为一个在一个男人怀抱中的女人?

福丝塔

还有月亮,若不是用来能有个太阳?

拉埃塔

能有个太阳。

贝阿塔

能在黑夜中有个太阳!

福丝塔

瞧它现在笼罩着我们,和蔼可亲,石榴一般地

朱红,

  充盈了一切!

    贝阿塔

拥有着一切!

  整夜期间替代了睡眠的星星。

    福丝塔

  天与地之间的这盏明灯……

    贝阿塔

  天上这面光滑的镜子在反射在端详……

    福丝塔

  月亮向着大海前进……

    贝阿塔

  紧跟有一波熟睡灵魂的浪潮……

    福丝塔

  掀动起,钻进了灵魂,召唤着,膨胀着,把灵魂从躯体中分出……

    拉埃塔

  灵魂与躯体之间的这个太阳……

    福丝塔

  属于死亡与生命之间的睡眠!

    贝阿塔

  午夜了。

     福丝塔

哦白日对我们隐藏的地方!

     拉埃塔

哦我的心到处寻找的地方!

     福丝塔

在神秘的灯盏下……

     拉埃塔

令人惬意和昏暗的……

     福丝塔

在那么多糟糕的日子之后……

     拉埃塔

被猜中的大地……

     福丝塔

重新找回的天堂……

     贝阿塔

古老的伊甸园……

     福丝塔

我们终于重又找到了你,

     贝阿塔

歌珊地 ①……

---

① 歌珊地(Terre de Gessen):《圣经·创世记》和《圣经·出埃及记》中多处记载,耶和华神让以色列人住在埃及的歌珊地。

　　　　　　　拉埃塔

同一个新的伊甸园……

　　　　　　　福丝塔

带有你的那些高山,同样的……

　　　　　　　拉埃塔

我认出来的你那些高山……

　　　　　　　福丝塔

耶路撒冷!

　　　　　　　贝阿塔

哦我认出来的土地……

　　　　　　　福丝塔

我们的居留地,永远……

　　　　　　　贝阿塔

孤独的城市!

　　　　　　　福丝塔

说是表现出了,还不如说是回顾到了……

　　　　　　　拉埃塔

说是展现出了,还不如说是回想到了……

　　　　　　　贝阿塔

和平之地!……

　　　　　　　拉埃塔

在复活的心中发现……

　　　　　　　福丝塔

你宽广的默契……

　　　　　　　拉埃塔

在白天与黑夜之间……

　　　　　　　福丝塔

在死亡与生命之间……

　　　　　　　贝阿塔

多么幸运的必然!

　　　　　　　拉埃塔

他不走出花园……

　　　　　　　福丝塔

被一个女人拉住在那里的那个人……

　　　　　　　拉埃塔

带有一种十分密切的联系……

　　　　　　　福丝塔

她的那一双胳膊……

　　　　　　　贝阿塔

一个女人，不，倒有三个呢……

　　　　　　　拉埃塔

那两个，还有我……

　　　　　　　福丝塔

这些姑娘，这些嗓音……

> 拉埃塔
>
> 聩聋而又昏暗的大地的……
>
> 贝阿塔
>
> 葡萄，小麦和阴影！

葡萄赞歌

> 拉埃塔

啊，假如这个人不愿意采撷葡萄串，

啊，假如他不愿意呼吸其烟雾，不愿意热烈拥抱已为他打开了自由之脉的祖先之地的这一侧肋，

啊，假如他愿意继续做审判官，

啊，假如他执意保留他小小的判断还有他的理性，而不投身到火中，就在他内中四处噼啪作响，爆发出火苗与火星，

并给一切带来热量与光明的这把火，

那么，就不应该在滚烫的石头之间，在太阳光最钟爱的角落里种下葡萄，让它以深邃而又狂热的繁多根系延续着阳光，

葡萄，大洪水的女儿，见证我们之拯救的神秘符号！

啊，假若他瞧不起葡萄串，那就不应该栽种葡萄，而谁若瞧不起圣杯，那就不应该栽种快乐！

究竟是谁发明了把阳光放进我们的酒杯，就仿佛那是把万物都包容到一起的水，

通过压榨已在漫长的几个月里长得丰满的这一串葡萄？

究竟是谁发明了把火放进我们的酒杯，这火本身，还有用一个铁钩子在炉灶中搅和的这黄与红

还有耐燃之木的火炭？

那毫无疑问是一个神，而不是一个人，是他发明了让这两者融合，就像对我的血液本身

火与水！

我要向你们宣告，那是一个神，而不是一个人，发明了让它们一起同在一个玻璃杯中，

还有太阳的热量，还有玫瑰的颜色，还有鲜血的味道，还有干净得用来喝的水的诱惑！

它在同一个饮喝的杯中给了我们，

为了解放我们的灵魂，那既是分解的水又是吞噬的火的灵魂！

啊，假如他根本就不想让她相信，

那么这个男人就绝不应该拉住姑娘的手并对她说他爱她，说她很美。

啊，假如他本不想把她带走，他就不应该拉住她的手！

啊，假如他本不想喝干酒，他就不应该把嘴唇贴到酒杯上去！

因为他抱在怀中的并不是一个摇摇晃晃的尖底瓮，

面对着一颗纯洁的心，葡萄酒有着何等的力量？

而面对着一个不朽的灵魂跟肉体一起所做成的那个女人

水里头的火

又有何等的热量？

而在这活生生的精神旁边，跟死人一起埋进了坟墓甚至能让死人都喜欢的葡萄酒又是什么？

因为不是在任何其他时间，而正是在这一时分，我们将拥有这个女人，她跟她的肉体成为一体，在她身上一切都共处一起！

假如他根本就不想要圣餐杯，那他根本就不需要葡萄园！

而假如他只是想要吃，那么厚厚的面包也就足矣。

但是滋养了带心灵的肉体的，并不是什么解渴的东西。

啊，假如他吝啬，假如他只喜爱人们一件接着一

件地赢得的这些玩意,

啊,假如他迟缓、耐心并且谨小慎微,假如他面对任何的好机遇都是那么狂乱无信毫不靠谱,假如他心中并没有时刻准备好这一巨大空白,

啊,假如他总是有什么事情要预先做好,而且还需要探寻,判断,知晓,推理,

啊,那就让他千万别把嘴唇贴到这个酒杯上,因为它压缩了时光,一下子就把一切给予了我们!

因为,啊,此生委实过于漫长而时光却很烦闷,唯独毫无任何持续的那一刻即为永恒!

我只能在他的怀抱中成为一个女人,只能在他的心中成为一杯葡萄酒,

假如他根本不想接纳这根本就没有空并且来自别处的一切,那我们还将做什么?

啊,假如他坚持不被触动,那就绝不要熄灭那火!

而假如对于他酒杯是在意料之外,

那么女人又将是什么?死亡又将是什么?

——我已经说了葡萄,而你,福丝塔,该你来说一说小麦了。

贝阿塔

若有所思的福丝塔!

> 拉埃塔

耐心的福丝塔!

> 贝阿塔

金发外乡女子!

> 拉埃塔

这片大地的女主人,你已经买下了它,

> 贝阿塔

它就跟她一样金黄!

> 拉埃塔

对我们说一说小麦吧。

> 贝阿塔

月光色的洁白小麦在它成为阳光和白银之前
在它变得跟黄金相似之前!

> 拉埃塔

褪了色的草!
厚实的穗子,依然充满了乳浆的饱满籽粒,
沉甸甸的几乎熟透。

> 福丝塔

庄稼已经泛白!

> 贝阿塔

没有了依靠的灵魂倾斜下来,
沉甸甸的几乎熟透。

                拉埃塔
但那已经不再是昨日,却是今天。
                贝阿塔
已经在黑夜的怀抱之中……
                福丝塔
星期日开始了!
而等待不再跟早上区分
此时我所爱的那一个归来了,
兴许。
                贝阿塔
一番漫长的等待,福丝塔!
                拉埃塔
耐心的福丝塔!
                贝阿塔
漫长啊,耐心的福丝塔!

被瓜分民族的赞歌[①]

                福丝塔

你们称我为耐心的人,但唯独只有爱,把我封闭

[①] 这一篇"被瓜分民族的赞歌"1913年3月1日发表在《新法兰西杂志》上时,题目为"波兰赞歌"。

在了这一座座群山之间不得而出!

你们说吧,谁将还给我自由的空间还有这凛冽的自由之风,它把你们带走恰如一个粗暴的小伙子让他的舞伴在他两手之间跳跃!

啊,谁不说到自由呢?但是要懂得那究竟是什么,

就得曾经做过不法之徒,曾经被囚禁,曾经逃逸!

而我如今像是一只受伤的鸟,从迁徙的群落中落下,在一辆小小牛车底下在家禽棚里筑造自己的巢穴!

……而只有流亡的人,才能理解祖国!

啊,谁将还给我祖国,这一片默默起伏的小麦的海洋,比丝绸还平静,七月的夜晚里在我脚下翻滚起波浪,一浪接着一浪!

啊,只是小小的一会儿,两个用我故乡语言在争吵的嗓音,还有一把哥萨克吉他的弹拨声,还有那边维斯瓦河① 河畔桤木林这一把令人疑惑的火!

那可不是你们被撕裂的小块小块的可怜田地,

而是在我心中充满了夜的气息的深沉土地

---

① 维斯瓦河(la Vistule)是波兰最长的河流。

整个儿那般活跃,叹息不已,翻滚成为唯一的一片波浪,

来自气息流畅高低错落的生命各部分的一片滔天大洪水,一颗星星的火能够在它之上噼啪作响就像雨滴打在水面!

就像鱼儿活在水中,小鸟儿活在林中,正是如此,我家乡的人们

活在广袤庄稼地的中心,在他们做成的这片大海的中心。

而从唯一一侧吹到这片无边长浪上的风儿则为我的灵魂带来了他们生存的意义,

他们结合在了巨大的色列斯女神①之中!

——而现在这一流亡的庄稼成熟了等着收获,但我知道它将会认出我来,我的眼睛一点儿都没有变。

啊,但愿我依然能重新看到这张温柔而又坚毅的脸,还有这无法离开面具的兄弟,还有这在他嘴唇边慢慢绽开的微笑,看起来是多么的可怕!

只有我们知道我们受的是什么苦。

而庄稼成熟了等着收获,但我知道我的眼睛一点儿都没变,恰如高傲的年轻姑娘,他以往曾让她退让,

---

① 色列斯(Cérès),罗马神话中的谷物女神。

那两只蓝蓝的眼睛就在他的眼睛中,充满了冰冷的醉意!

我猜想他的心会对我敞开,但我知道他的精神对我封闭,他根本就不对我说他心中所思所想。

拉埃塔,拉丁土地的快乐姑娘!而你,在我左边的阴暗的埃及女子!你们的命运就没有我那样幸运了。

那个爱着人的人是幸福的,但更幸福的是那个提供服务并被人需要的人,而这两者被不可解除的需要

所联接,就像是一个第三人!

明天就在那里就在我们的缺席将停止之处!

并不仅仅是他和我,而且还有我们心中整整一个民族在渴望,在被分割。

在东方与西方之间,那里虽没有山坡的阻隔,水流却彼此分开

在欧洲的中央有一个被瓜分的民族。

大自然也好,国王的诞生也好,都没有给它一个边界,而唯独是人从东南西北给了它界限:

但他们入侵了他们的土地就像谷物那样。

而它的邻人把它分割成了三块①,以至于,当风儿

---

① 当指沙皇俄国、普鲁士德国和奥地利。波兰建国于公元965年,在历史上,曾先后三次被普鲁士、奥地利和沙俄瓜分。

刮起来时，界石和桩子

会阻止庄稼的波浪从一边一直翻滚到另一边，这片大海成为其根系的俘虏！

在三个民族的中央，有一个被淹没的民族。

主愿如此，愿在东方和西方之间，在异端和分裂之间，在欧洲被撕裂为三大块的地方，

能有一种永远的牺牲，能有一个遂其心愿的民族：

而波兰这一名称本身在地图上都找不到，

大自然没有让它成为一个整体，血脉也好，权势也好，习俗也好，这一世界的任何利益也好，全都没有，

在那里，无论是富人还是穷人，所有人全都一样，全被压在轭下，

仅仅只有一个共同的意愿和爱，而这三倍之众的心彼此渴望，

恰似三大教会的彼此相似，

一个唯一的民族在三超德中，

在信念，在仁爱，在愿望，在任何的人类指望之外。

我最后一次看到我丈夫（在一个无望的使命把他召去别处之前）

我还记得！那是一个像今夜这样的夜晚，

在欧洲之心的某地，一个古老的王家公园，波希米亚椴树下。

在那里我们十几个人面对几个酒杯，准备互相告别，

夜色中只看见两三个人的嘴唇上红红的香烟头。

（所有人都死了。）

小小耳朵上一颗宝石的闪光突然照亮了赤裸的漂亮领口

像是在厚厚的黑头发下从非物质的水中借来的胖胖一滴。

人们什么都没有听到只有在广阔的大道上一队人马步调低沉的行进，

还有远处的对话，在这花园的两端，遥遥相对的乐队，

而微风则奇怪地把这些铜管乐的呼应轮番地汇聚而又驱散。

拉埃塔

他回不回来，又有什么要紧？

福丝塔

在我怀中仅只一天明早又要出发的客人

> 拉埃塔

你就不能把他给留住吗?

> 福丝塔

我要做的事不是要知晓,而是要服从。

> 拉埃塔

但他爱着你,你知道的。

> 福丝塔

我从来就没有问过他。

> 拉埃塔

拯救时光吧,它很短暂。

> 福丝塔

我从消逝的时光中拯救了爱。

> 拉埃塔

这抵挡时光的庇护是什么呢,我的姐妹?

> 福丝塔

是内中之室。

> 拉埃塔

一切全都服从于时光。

> 福丝塔

然而除了……

> 贝阿塔

——缺席。

>拉埃塔

——赶在它之前的快乐希望!

>福丝塔

……给了他新生的心。

>拉埃塔

一切都跟太阳一起逝去。

>福丝塔

太阳停住了。

>贝阿塔

眼睛闭上了。

>拉埃塔

福丝塔,跟我们说一说睡眠吧。

>贝阿塔

守夜之心的耐心。

内室赞歌

>福丝塔

距离与命运把我们分裂,可那是没有用的!

我只须返回我的心中就能跟他在一起,只须闭上眼睛就能不再位于他并不在的那地方。

这一自由，至少，我把它从他那里夺了回来，跟不跟我在一起并不取决于他。

而我不知道他是不是爱着我，他的意图于我是不是陌生，进入他的思想是不是被禁止。

但是我知道他不能够缺了我。

他旅行，而我在这里。无论他到哪里，都是我在给他吃的，是我帮助他活着。

假如我不在这里的话，我们周围这些成熟的庄稼对他又有什么用？

大地上所有这些果实又有什么用，假如我不在这里在这中央拿着面包箱，还有磨坊，还有榨机？是我在安排一切。

这整个的产业又有什么用，

假如在这四面八方，从那里走下来有四头牛拉套的大车，满载了干草，还有，冬天里，摇摇晃晃的长长的冷杉木，

假如那里没有白色的路，没有那些通向家屋的道路？

假如他并不远离着我，假如我在这里并不远离我的丈夫，管理着这些财富，

他对我的需要就不会有那么大。

因为，把我们结合在一起的，根本就不是什么柔和的好意，也不是仅仅一分钟的拥吻，

而是一种力量，是它让石头紧贴住地基，是一种纯粹简单的必要性，本无丝毫的温柔。

而我知道他刚才就在那里。

但是这一张坚毅的脸，这一丝暧昧的笑，还有这一颗并不真正奉献的心，对我又有何关系！

而我，难道我就奉献出了我的心吗？

我们不提这样的条件，在我们的婚庆之日，

就让他保留他的秘密好了，而我，则会保留住我的秘密。

啊，假如他为我打开了他的心扉，我还会愿意让他就那样走掉吗？

假如我为他打开我的心扉，假如他认识到他跟我在一起的这一位子究竟意味着什么，

那他就根本不会再度离开我了！

主安排我做他的守护者。

我生来就是为了帮助他，我会成为他的羁绊吗？

我生来就是要成为他的港湾，他的军火库，他的高塔，

我会成为他的监牢吗？我会背叛祖国吗？

留在他身上的力量，我会把它抽走吗？

啊，至少他还是把我给保留了下来！他根本不寻求得到我心灵中最有保留的那部分，

这个不该向他本人开放的密室，

因为我害怕我会让步！

但愿他不会回报我以过于艰难的禁令，

假如他不想让我为他打开这道不允许有复归的命定之门！

但愿他不会一下子要求太多，

假如他想让庄稼成为黄金！

但愿他别像梦里头那样带着这一丝奇怪的微笑来到我这里！

啊，我知道这一夜把我们欺骗而白天依然还会再来！

而当我做梦时，我知道那是一个梦，我在他的怀中就是那根活的蒙面的柱子，被当做一个丧事用分枝大烛台那样拥抱！

愿我能有所用，这就足矣。我知道总有一天我会在他的怀抱中苏醒！

现在我正沉沉睡去，而假如我睁开眼睛一秒钟，

我在我周围只看到一片金黄，而四面八方尽是成熟庄稼的色彩！

拉埃塔

这些属于你的金黄田地。

     福丝塔

……一片并非属于我的土地!

     拉埃塔

请猜一猜……

     贝阿塔

……在那掩盖和照耀了……

     拉埃塔

……高山与丘陵的面纱下……

     贝阿塔

……巨大而又暗中的成熟庄稼!

     福丝塔

无用的财富!

     拉埃塔

高山与平原……

     贝阿塔

葡萄园与庄稼地……

     拉埃塔

乳制品与羊毛……

     贝阿塔

检查一下……

     拉埃塔

想象一下……

　　　　　　贝阿塔

猜一猜你的产业……

　　　　　　拉埃塔

耐心的福丝塔……

　　　　　　贝阿塔

强大的福丝塔……

　　　　　　拉埃塔

你的耐心与你的艰辛的成果!

　　　　　　福丝塔

无用的耐心!无用的艰辛!

　　　　　　贝阿塔

明天又有什么要紧?

　　　　　　拉埃塔

请听!

　　　　　　贝阿塔

听到从那里过来,

　　　　　　拉埃塔

在升腾而起的风儿的翅膀上,

　　　　　　贝阿塔

第一丝气息,还没有!

　　　　　　拉埃塔

清晨……

    贝阿塔

通过它,建议无谓地

    拉埃塔

停在了做梦的枝叶前

    贝阿塔

万籁俱寂,

    拉埃塔

神秘完成,

    贝阿塔

声响几无,

    拉埃塔

音节,或长或短,

    贝阿塔

深沉得几乎无法辨别,

    福丝塔

那江河本不是我的!

    拉埃塔

至少天空是所有人的,对所有人全都一样。

    贝阿塔

它有多美!啊,何等的平和,何等的光明!

    拉埃塔

在目光底下,贝阿塔,它是那么柔和,恰如皮肤上一朵白色玫瑰的花瓣!

    贝阿塔

何等的平和!

    拉埃塔

就这样在一个如此的夜晚我听到了名为博登湖①的无比幸福的湖轻轻拍击着它那牧草的贝壳,

在最后一只夜莺啾啾练声的林丛底下

它的水层用德语的音节一直倾吐到我们心中,

这些水在旅馆和医院的树叶中减弱为三重皱褶懒洋洋地彼此重叠比薄荷的叶子还更肥实!

    贝阿塔

你熟悉德国吗,拉埃塔?

    福丝塔

你们瞧这悠悠飘过的云彩!

    拉埃塔

它那么地闪闪放光!

    福丝塔

它那么地飘荡,巨大而又轻盈,在魔幻的气流中,

像一颗魔鬼般的大白菜,像一把宝座,

---

① 博登湖(Bodensee)也称康斯坦茨湖,位于瑞士、奥地利和德国三国交界处。

沉浸在灿烂的月光中熠熠生辉!
>   拉埃塔

另一个,然后又是另一个!另一个,还是另一个!
>   贝阿塔

那是午夜的大游行开始了。

游荡战车的赞歌

>   拉埃塔

就这样在往日的莱茵河上

我看到装载了干草垛的平底驳船,运送着新婚夫妇和送亲队列,就在镜子般闪闪发光的平静水面上,

就像众多的战车在岁月的残骸下冲过去,一艘接一艘地出发。

而人们听到单簧管以及小提琴的尖细高音,还有笑声与歌声如在梦中,那是汉子与姑娘们在一个个漂浮的草堆上彼此招呼!

在那边第一辆战车带着一记觉察不到的叫声已经融化在了魔幻的月光中,

而最后的一辆才在芦苇丛中刚刚出发。

就这样在一年的正中央,

天国之雪的这些方块以生命的整个容量把大杂烩的幻影带去溜达

以庄严的序列游进。

白天里,就像一块地板蜡印上了我们城市的,我们文化的,人类心灵的痕迹,从嘴里钻入,

夜晚来临时,我们看到这一切,蹒跚,冒烟,拥挤,前进在我们之上,就像是高山,而天空中撒满了它们!

就像潜水者深入到透明的海底

看到他头顶上船儿的影子,连同它的桅杆和系艇杆,还有船员们操纵着机器的胳膊

轻轻地在沙土上描画出,

就这样生命的那些影子又在我们之上投下它们的一个影子。

就跟落到海底的溺水者一样

将永远不会去征服生者的一片大地,

那些安息在地下深处埋葬在这些磁性水底下的永眠者,

尽管摆脱了重力,用一种难以觉察的努力,比那个拉托那①,那个依靠得罗斯的棕榈树的拉托那还更无

---

① 拉托那(Latone)是罗马神话中的黑夜女神,即希腊神话中的勒托(Léto),是巨人神科俄斯和福柏的女儿,宙斯爱上了她,跟她生下了太阳神阿波罗和月亮神阿耳忒弥斯。

用的努力①,

终将不足以打破那些诱惑!

他们仰望绚丽的云彩,还有那些巨大岛屿在他们头顶上胜利地飘过,

就像战车永生永世都在腾挪,就像城市带着所有的建筑启动!

(它们的影子在底下掠过丝一般柔和光滑并点缀有红颜色的庄稼紧紧地追随它们,就像锚链追随着轮船。)

没有窗关得那么紧,足以禁止睡眠者抵御外来的奶白色光亮以及被照亮的庙宇的诱惑,

没有镜子会那么彻底地吸光而不折射一丝光线!

那不是月亮透过百叶窗的缝隙来照亮,然而我知道那也不是白日之光!

钟楼四周整个的小小城镇,渗透了花园,

安息在一种神圣的雾霭里,在一种黄金般的氛围中!

---

① 据希腊神话,勒托怀孕后,嫉妒的天后赫拉不容她为宙斯生子,下令禁止整个大地为她提供分娩之所。勒托的妹妹阿斯忒里亚化身成得罗斯岛(Délos)接纳了她。宙斯使海底升起四根金刚石巨柱,将这浮岛固定住。勒托最终在岛上的棕榈树下生下了阿波罗和阿耳忒弥斯。

> 福丝塔
>
> 你的故国，拉埃塔——
>
> > 拉埃塔
>
> 现在是你的啦，哦姐妹！

黄金赞歌

福丝塔

我根本没有祖国！

但是我，至少我，挫折者和流亡者却断然少不了我！

而我在他的怀中沉默寡言，用他来替代失去的祖国和他兄弟们的社会。

无疑这是很小很小的事，一个女人在她复归的丈夫怀中，

他虽回归却已被剥夺，不再有什么意愿可施展。

然而即便如此，这是他的祖国和他的遗产留给他的唯一东西。

而除了我之外，谁又将告诉他，一切皆为枉然？

而我又如何知道一切皆为枉然，

难道不是在已然复归并为我治愈了时间之痛的丈

夫怀中?

正是在这时候一切皆为枉然,一切皆已终结,再没有什么可做,什么都不再取决于任何什么,

正是在这时候一切都在吝啬的耕种者心目中赢得了价值,大地变得跟黄金一般!

而我将低声地对他说:"一切都准备好了。一切都已成熟。一切皆为枉然。

瞧瞧你不在的时候我做了什么。

瞧瞧我买下的这片土地,还有我们周围属于我的这大片财富。

瞧瞧夜空下巨袤的庄稼地,一片雪白,夹有点点血滴!

瞧瞧大地的所为,还有这替代了爱的整个的美!"

而你将对我说:"这就是那个我爱的福丝塔吗!

春天在哪里?童年的颜色在哪里?

那种无比纯洁的蓝色在哪里?还有那种几乎炽热的绿色?

清新的犬蔷薇花在哪里?你脸上那颗圣灵降临节① 的闪亮的红宝石在哪里?

鲜亮的血红颜色

---

① 圣灵降临节(Pentecôte),亦称五旬节,定于复活节后的第五十天。

就像一片松树林中的傍晚，就像五月的太阳光！"

我将回答你说："只剩下黄金了！

是我，哦我的丈夫！

日光还没有升起，但一切都在那里在夜晚，巨大的吗哪① 在夜晚中，还有丘陵起伏的海洋！

你太知道了，这片土地不是我们的，这阵风不是故乡的气息，

而这条大河，也不是你听到永恒声响的它那嗓音。

但是我，至少，我在这里，你终于也在这里！

至少我，我没有缺少，我同样，我就像那黄金，

就像你欣赏的一件珍宝，就像你怀中的一次伟大收成！

至少我，我是真实的！

属于夜晚的一切都变得像是黄金，

像是天空，一开始是鲜红，然后绛紫，然后湛蓝，然后碧绿，而最后成为经久不变的黄金的颜色！

我心中属于夜晚的一切都变得像黄金。

所有这些巨大的财富都是我的，你不在时我所获

---

① 吗哪（manne），《圣经》中所说古以色列人经过旷野时所得的天赐食物，他们吃吗哪一共四十年。事见《圣经·旧约·出埃及记》(16：1—35)。

得的那一切什么都没有留下来,但在我的双手中一切都变了,都成熟了,我看到它们变成了黄金!"

很快地,向着天主上升而去的女人的日子就来了,

她披挂了一身丰产的庄稼,丰收的麦浪从她的肩上流淌,

而就在她走向她丈夫和她父亲的这一刻

曾经如同黄金的那一切变得如同白雪!

贝阿塔

夜里曾有过的那一切变得如同黄金!

如同黄金的那一切则是心灵和肉体的茶饭。

拉埃塔

新一天的黎明很快就将出现在高高的黑天之上。

福丝塔

但在下方的夜晚大地上,金色面包的曙光已经放光。

拉埃塔

哦在夜里分享的年岁!

贝阿塔

花儿已经成为果实,

拉埃塔

已经开始的那一切的种子,

　　　　　　　贝阿塔
已经结束的那一切的黄金！
　　　　　　　拉埃塔
世间万物都在繁殖，
　　　　　　　贝阿塔
无限期地延续同一，
　　　　　　　拉埃塔
一切都重新开始重新说出
　　　　　　　贝阿塔
一个具有最高价值的词，
　　　　　　　拉埃塔
永远是同一个的唯一名词。
　　　　　　　贝阿塔
他那永远是同一个的名字，
　　　　　　　拉埃塔
离不开果实的花儿
　　　　　　　贝阿塔
属于永远同一个的生命
　　　　　　　福丝塔
灭亡在时间中！
　　　　　　　拉埃塔
世代一代一代地延续，

　　　　　　　贝阿塔
到我们这里停止的这一代，
　　　　　　　拉埃塔
错综复杂的月份，
　　　　　　　贝阿塔
连声叹息的未婚妻
　　　　　　　拉埃塔
在牵着她的那些胳膊中，
　　　　　　　贝阿塔
在夏季遥远的夏季，
　　　　　　　拉埃塔
咽气的春天，
　　　　　　　贝阿塔
引向它的成熟，
　　　　　　　拉埃塔
在夏季没有结尾的夏季
　　　　　　　贝阿塔
在错综复杂的赠礼中
　　　　　　　拉埃塔
从生存到生存彼此相像，
　　　　　　　贝阿塔
体现出永生不朽！

硬心赞歌

福丝塔

但是我，我不想要这永生不朽，还有这朵每年都被长柄大镰刀截掉的花！

一次虚假收割中的无用铁器①！

我，我打破圈子，我，我摆脱天平的秤盘，我，我是能够结束的！

就像麦粒摆脱麦秆，这颗不再属于土地的黄金就此摆脱了它！

我完成了我的任务。我从血淋淋的穗子上揪下来的这一把小麦，在祖国，

我把它们播种，再播种，坚持不懈地播下，在我周围在这流亡中！

现在我厌倦了生活还有这永恒的边界！

我难道没有花很贵的钱买下了结束的权利？

瞧瞧黑夜中这笔巨大的赎金，而整个人民，大镰刀的候选者，我从虚无中拉出来的人们！

---

① 这里有文字游戏，"长柄大镰刀"和"虚假"的法语分别为"la faux"和"fausse"，为同一词形。

瞧瞧吧，你会看到那些再也结束不了的东西！

瞧瞧吧，透过花园的树丛，你会看到四处隐隐约约地闪耀着白色的庄稼，还有在我们周围的这整个的永生不朽，日光的颜色！

还有一个月，瞧这整片成熟的大地恰如另一个太阳，

而这黄金的带着尖刺光芒的湖泊的内部，当风儿吹开它，激励它，它变成红色，就像炽烈的火，就像一块割开的肉！

因为必须让生命的每一年，在重新走向土地之前，

都从火里经过，当我所做的，我的双手在我周围做成的作品本身具有一个火炉般的形状，我又怎么会满意呢？

只要土地没有被动过，果实没有被消费！

必须走向内心！必须拍拍心口，在我的身心中让这些肤浅收获的源泉干涸！

而既然你终于返回了，

那就让我在这冰冷眼睛的深底看到我的命运吧！抛掉这否认失败、拒绝怜悯的庄严微笑！

那是真的，一切都归于无用，除了在你眼中那双无情的眼睛，而它们所要求的，我知道你是无法给

我的。

把眼睛转向我吧，在我的眼睛中支持这一渴望，它是那么纯真，充满了希望！

不要期待我有什么怜悯，你不是什么怜悯都没有给过我吗？现在不是眼泪的季节。

而假如你应该给我快乐，那么我难道还有必要学会受苦吗？

而祖国，还有必要学会流亡吗？

你是谁？你以谁的名义而来？为什么会是这一丝奇怪的微笑，为什么脸上是这一副表情？

不要以为我是人们用一个春夜以及那虚假的收获解除了武装的那个女人！

打开你的脸吧，把真相亮给我看，因为还没有足够的失望

能在我的心中滋养这一点，还有这一干旱，还有这一苦涩的荆棘！

说吧！这一人间的失望是不是另一个更加完美者的形象？

我想要，我想要另一个更加精美的！

你以为人们这样就能满足我了吗？

并知道我甚至都不想要你的在场，

假如它应该抓住我在我自己身上！

还有你的好心好意，假如它是一种界限
限制我对这个可憎的人的逃逸！
而假如欲望应该随天主一起停止，
啊，那我将会在地狱中羡慕它！

贝阿塔

地是渴望，天是荒漠①。

拉埃塔

现在黎明来临！

贝阿塔

……天空又一次在我们面前，变得苍白，变得敞亮！

福丝塔

这道光明是什么，哦姐妹？

拉埃塔

这道新的日光吗？

福丝塔

这一在深渊中　　运作的　　神秘吗？

拉埃塔

从后面照亮着万物的

---

① 这里有文字游戏："渴望"和"荒漠"的原文分别为"désir"和"désert"，词形相似。

这玄奥的火炬吗?

    福丝塔

黑夜不断地成为黑夜

渐渐地如同水变得半透明。

    拉埃塔

比世俗之日发出的任何一道光都更美的一道日光!

    福丝塔

根本不是日光在照过来,而是我们在向着它升上去。

    拉埃塔

早于昨天的这一明天!

    福丝塔

愿围绕着我们的年岁是一股激流,

永远急不可耐地奔腾从地平线那里朝向我们回归,

愿年岁就此经过,带着它的季节

它的播种,它的收获,

而我们并不经过。

逆着激流上溯,

我们却稳固不动,

不断地调整好位置,

迎面冲向这隐匿的灯塔,
            拉埃塔
逆着时间之流上溯……
            福丝塔
不抛下任何铁锚,
            拉埃塔
我们就此找到它,
这受诱惑的船儿的避风港!
            福丝塔
在穿越了黑夜之后……
            拉埃塔
陆地赢得重生!
            贝阿塔
还是同一个。
            拉埃塔
不是另一个,仍是同一个!
            福丝塔
辉煌的出现!
            拉埃塔
哦最终真实的大自然!
            贝阿塔
在洗礼的深渊之后……

    拉埃塔
赢得重生,仍是同一个!
    福丝塔
哦歇息在日光升起之前!
    拉埃塔
是真相,不再是梦幻!
    福丝塔
同一个,然而又是新的!
    拉埃塔
同一个,然而又是永恒的!

香味赞歌

贝阿塔

  瞧那太阳很快就要出现,准备让自己成为证人,见证肉体已然死去而精神却尚还存活着,
  而就在它露现之前,
  大地的灵魂飘逸飞散,朝它冒出烟雾。
  恩宠所照沐的一切,天露所滋润的
  一切,寒冷的土壤所凝结的一切,
  造物之躯的所有这一切统统敞开

散发出一种香味，主啊这是何等的气味！

在茉莉花的夜间芬芳中，在天竺葵的深深叹息中，

（每当心儿跳动十次，）

已经混杂了红色与白色的玫瑰，杂七杂八地合成唯一的一束，

我从中分辨出两种音调就像合唱中的声部，而每个嗓音都那么纯真！

哦造物的最为私密的精华，哦微妙的一秒钟在场，还有精神上不知不觉的占有，都从它本身中挥发！

啊，您不要打破寂静，就让我集中注意力来关注这香味，我知道，它马上就会回来的！

愿这寂静不被亵渎，当缺少的只有教士时，而在人之前的这一时分，五天创世的作品向着初升的朝阳飞腾！

或者，假如你愿意的话，说一说吧，但是要慢慢地说！

说一说吧，但是要慢慢地说！

愿话语的神圣意义以及人类嗓音的声响

一个词一个词地落到思想中，在那里溶解，就像一滴滴鲜红的血以及红色之精本身

一点一点地融入一块透亮的水晶!

能被感觉的精神!还有你们,哦对精神的感觉,变得很通透很透明!

就如同若是没有那些弥漫的灰尘,太阳的光线将不会显现,又如同若是没有了玻璃杯的阻隔,

没有了不同物体的吸收和缓和,颜色就无法闪亮,

若是没有这些花儿拼了命的释放芳香,没有了切碎了的药草的焚香,

精神又怎能被我们感觉到,心灵对心灵本身的交流又怎么会直接地被感觉?

哦庄严的献祭!香炉之腔!悬在任何的创造之外,等着太阳露面,静静地冒烟向它飘去!

死神的供献开始了!

但凡结成果子的都朝着地面下垂,但是由天主派遣的精神却会在他消耗的气味中返回他身边!

因为必须让词语经过才好让句子存在;必须让声音消失才好让意义留存。

必须让我爱的那个人死去

才好让我们的爱不再屈从于死亡,

并且让他的灵魂跟我的灵魂息息相通,

并且成为它暗中的引导,成为它内中的话语,

就像这朵花，同一朵！被人认出来，每当心儿跳动十次。

是真的我们的肌肤并不存留。

是真的这张如此可怕地转向我们的脸

并没有更多的坚固性，甚至都比不上一只酒杯中葡萄酒的泡沫，饮酒者的气息都会把它吹开。

而谁若是不相信它，

他只需要跟我一样在这床边守上整整一个夏夜，在这曾经是个活人的静静安躺的尸体旁边。

而被人割断的整整一个花园的气味将不会是唯独跟他的祈祷混杂在一起的东西！

哦众神，你们用一个肉体和一个精神把我们造成！啊，千万别惧怕我们的冒犯！

啊，请你们满足吧！是真的，我们的肌肤将分解！

而那个相信他自己年轻而又强壮的人，

就让他说一说，在一朵朵可怕的玫瑰和这些死亡百合的白色花萼中熔化的黄金火焰，就像是千万支号角，

它们的气味是不是跟他有交流的唯一东西。

而很快地它本身这一瞬间的战利品

就将解开扭结，死亡消失在生命中，

而春天的白色之花从各处消散在叶丛中，

就像一片大海消解了它的浪沫。

     福丝塔
说吧，但是请慢慢地说。
     拉埃塔
哦觉醒！
     福丝塔
哦还是太阳！
     拉埃塔
东方的鲜红线条！
     福丝塔
哦还是日光！
     拉埃塔
时间的开端！
     福丝塔
还是留给我们……
     拉埃塔
……唯一的片刻吧……
     福丝塔
唯一的颤抖的一秒，
     拉埃塔
看到外边……

贝阿塔

依然　　跟黑夜内在地构成一体的那一切!

福丝塔

一秒钟里透明的黑夜本身!

拉埃塔

一秒钟靠不住的在场

比它照亮的还更多,瞧瞧吧!

福丝塔

目光横截向黑夜!

贝阿塔

并未成功的死亡!

福丝塔

又一次

生命横截向死亡!

贝阿塔

黑夜

又一次缺失!

拉埃塔

在这太阳又一次把我们分隔之前,

福丝塔

在我们的脸染上色彩之前!

　　　　　　　拉埃塔

在那分隔开一切并让一切各各有别的太阳,

　　　　　　　福丝塔

在那日光!

　　　　　　　拉埃塔

在那推动并分开一切的太阳……

　　　　　　　福丝塔

分开所有这三个……

　　　　　　　拉埃塔

日光再一次

　　　　　　　福丝塔

把我们三个嗓音分开之前!

　　　　　　　贝阿塔

在空中的光明熄灭之前!

　　　　　　　拉埃塔

在沐浴着自身光芒的太阳熄灭之前!

　　　　　　　福丝塔

那最后一个,熄灭……

　　　　　　　拉埃塔

那上边……

　　　　　　　贝阿塔

那下边……

拉埃塔

一颗天真的小星星温柔地说：请别忘记我！

影子赞歌

贝阿塔

在寰宇的两个半边再一次分裂之前，

黑夜从死人与活人共同所有的中央破裂！

黑夜充满了对我们十分珍贵的人，重又把我们抛弃，

它如同一块被挤出了水分的土地，不再填满我们的居所，重又倒流，离开我们！

而且你也离开了我，又一次的告别！

在你又一次返回来出现在我心灵的镜子中之前，

就像是神明在牲畜体内最深处的横膈膜底下放置了平滑而又闪亮的肝脏让祭司百般质疑！

现在，是光明与影子之间斗争的时候，而这稳固的世界在颤栗似乎被醉意所攫住！

一切都在动弹在摇晃在转变，似乎在跳舞，

而在闪闪发光的平原上描画出了巨硕的形象。

瞧这世界比卡比洛斯的岩洞还更鲜红①,

众多影子的激流沿着岩壁落下②。

一切都活跃起来!是创造女神重又跟她自己发生了接触,无限的命令在传播在扩增!

是我们周围人众庞大的行进队伍重新排成序列,然后他们就将浩浩荡荡地开始经过!

我亲眼看到在我四周我的监狱在流逝在消亡!

我是这条滔滔不绝的大江的主人。

(而我是不是将会说,一切全都流逝,或者一切返回到我们身边?)

在顺流而下时很容易彻底摆脱,放下一切!

然后让时间重新开始,

然后让影子重新寻找其位子,重新回来停息在我们身上,就像火焰在火把上!

愿这一世界的太阳得胜,我们拒绝被钻入,

被斥退,走投无路,我们向它立起这道战无不胜的石壁,

好让我们自己处在这一边,而铁炉中的火焰则在那一边,

---

① 卡比洛斯(Cabires),是希腊神话中的一些低等神明,往往具有多种神秘意义的崇拜对象。
② 这里明显是在影射柏拉图的"岩壁神话"。

那上面的万物描画出来,还有瞧着我们的那一切的形象。

直到我们的黑暗以及在东方重又增大的黑暗

一个接一个地向前流去,让这阴暗潮水的第一个浪重新将船儿摇撼!

直到大海在我船儿的龙骨底下消失!

啊!一艘进入西里伯斯岛①圈套中的古老小舟会柔和地贴着大海之下玄奥的界石而缓缓航行,

比起它,我整个的心灵早就准备好不会遭遇这黑暗的冲击!

啊!对心灵而言比起对肉体,死去走向终结要更为困难!

肉体在哪里终结,难道不是在另一个肉体被感觉的地方?

声音在哪里终结,难道不是认真倾听的耳朵中?香味在哪里,难道不是在尽情呼吸的心中?

而我的嗓音在哪里终结,难道不是

在这两个融于一体但一到白天就将被分开的嗓音中?

---

① 西里伯斯岛(Célèbe),即苏拉威西岛,是印度尼西亚中部的一个大岛,形状狭长弯曲,把一些海域包围在其中,像是形成为某种圈套,等于为船只提供了庇护,航船的行驶往往比较安全。

那是你们的嗓音，我的姐妹们！

女人在哪里终结，难道不是在事先就命定的心灵中，在从四面紧紧包含住她的这一港湾

在根本不让她有任何自由到别处去的这个丈夫中？

再一次向你致意，你这已经离开我的人！

以往，在这条埃及的大江边，我们婚礼的时刻，

那些日子里，时间很奇怪，比神明为我们算好量好的要更漫长，

你那时对我说："哦黑暗中的脸！双重的忧伤的虹膜！

让我瞧一瞧你的眼睛！让我读一读画在你心灵之墙上而你本身却并不了解的那些东西！

我真的要死去了吗？你说，难道我本不是什么别的，只是这一靠不住的可悲的在场？我真的在时间中娶了你吗？

还不等白色的蝴蝶在这萨拉森①月亮的清光中颤动三次，

我就已经散开了！

---

① 萨拉森（Sarrazine）指阿拉伯沙漠地区的游牧民，广义上也指中古时代所有的阿拉伯人。

难道我本不是什么别的，只是你想抓住的那只手，只是一时间里压在你床上的这点重量？

夜晚过去，白日复归，贝阿塔！"

而我回答说："白日又有什么要紧的？熄灭这道光明吧！

麻利地熄灭只允许我看到你的脸的这道光明！"

瓦尔罗梅地方霍斯泰尔城堡，

1911年6月。